武汉大学百年名典

作者簡介

劉永濟（1887—1966），字弘度，號誦帚、知秋翁，室名易簡齋、微睇室、誦帚庵。湖南新寧人。幼承家學，耽習文史。二十歲出湘，先後考入上海吴淞復旦公學、天津高等工業學校、北京清華留美預備學校就讀。後在上海自學有年，嘗從朱祖謀、況周頤研習詞學。三十歲時回長沙明德學校執教，十年後任東北大學國文系教授。“九・一八”事變不久,被國立武漢大學聘爲教授。在武漢大學長期擔任文學院院長、文科研究所主任，兼《文哲季刊》編輯部主任，幾度以院長身份代理校務。1949年以後，任中文系文學史教研組主任、武漢市政協常委、湖北省文聯副主席、《文學研究》編委。1956年被評爲一級教授。

劉永濟是武漢大學中國古代文學學科極爲重要的奠基人和引路人之一，被譽爲“五老”之首。他是中文系弘毅、篤實、尚真、求精傳統學風的重要締造者和體現者之一，許多著作都是厚積薄發，言簡意賅，經過多年的“打磨”（有的長達30年）才問世的。所著《文學論》、《十四朝文學要略》、《屈賦通箋》、《箋屈餘義》、《屈賦音注詳解》、《屈賦釋詞》、《詞論》、《宋詞聲律探原大綱》、《唐五代兩宋詞簡析》、《微睇室説詞》、《文心雕龍校釋・附徵引文録》、《唐樂府史綱要》、《元雜劇考》、《國風樂府合選》、《唐人絶句精華》、《宋代歌舞劇曲録要》、《元人散曲選》以及《默識録》等，幾乎無一不是精品。每一書出，即在相關領域產生大的影響。如《文學論》，郭紹虞先生就是讀了它而對中國文學批評史發生興趣的。《文心雕龍校釋》被學人視爲二十世紀“龍學”研究的四大基石之一。《屈賦通箋》則“于并世諸家中獨樹一幟”（程千帆語），《唐樂府史綱要》“是迄今爲止，我國研究唐代樂府歷史的唯一專著”（同上），《詞論》是“二十世紀，中國詞學由傳統向現代化推進”的代表作（施議對語）。總之，劉永濟的學術研究，涵蓋古代文學諸多領域，每項研究都有獨到之處，而對“龍學”、屈賦和唐宋韵文的研究貢獻最大，他不愧爲二十世紀古代文學研究的頂級專家。

劉永濟治古代文學，强調“知”、“能”的統一，故其持論有識，擅長詩文寫作。所著《運甓詩存》、《誦帚庵詞》，流播海内，久爲專家所稱。其詞尤負盛名，繆鉞即謂其“沉健深摯”，“蕃艷其外，醇至其内”。朱光潛則激賞其融合衆家以成一家的風骨美，言其“諧婉”、“明快”、“冷峭”，洗盡鉛華，深秀在骨，是猶永嘉之末聞正始之音也”。大抵先生填詞，頗得朱、況真傳，“能用方筆”（朱祖謀語），發危苦之音而出以沉雄之氣，亦在在顯出先生的大師風采。

劉永濟夫婦與長女劉茂舒、二女劉茂新、子劉茂蕤（1957年秋）

劉永濟教授“尺布而今值百金”詩條幅

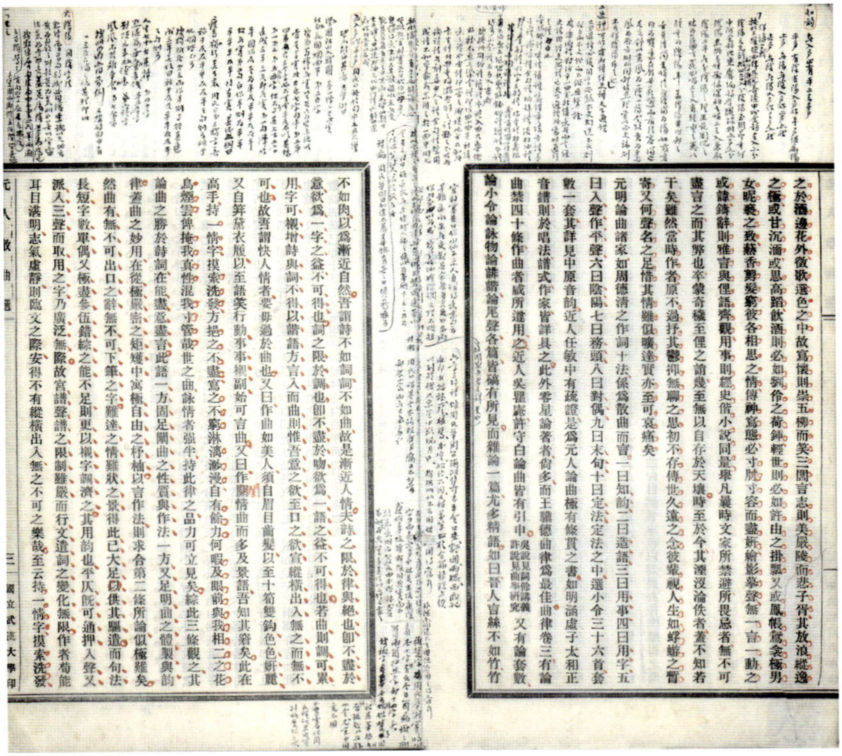

之於酒邊花外徵歌選色之中故寫懷則崇五柳而笑三閭言志則美嚴陵而悲子胥其放浪縱逸之極或甘沉湎或思高蹈飲酒則必如劉伶之荷鍤輕世則必如許由之掛瓢又或鳳幃鴛衾極男女昵褻之致薌香雲鬟窮彼各相思之情傳神寫態必寸肌寸容而盡妍繪影摹聲無一言一動之或諱鑄辭則雅言與俚語齊觀用事則經史偕小說同量舉凡曩時文家所禁避所畏忌者無不可盡言之而其弊也卒蒙奇穢至俚之誚幾至無以自存於天壤時至於今其湮沒淪佚者蓋不知若干矣雖然當時作者原不過抒其鬱抑無聊之思初不存傳世久遠之念彼蓋視人生如蜉蝣之暫寄又何聲名之足惜其情雖似曠達實亦至可哀痛矣

元明論曲諸家如周德清之作詞十法係爲散曲而言一曰知韵二曰造語三曰用事四曰用字五曰入聲作平聲六曰陰陽七曰務頭八曰對偶九曰末句十曰定法定法之中選小令三十六首套數一套其詳見中原音韵近人任敏中有疏證是爲元人論曲極有條貫之書如明涵虛子太和正音譜則於唱法譜式作家皆詳具之此外零星論著者尚多而王驥德曲律爲最佳曲律卷三有論曲禁四十條作曲者咸所遵用之近人吳瞿安許守白論曲皆有引申（吳說見顧曲麈談　許說見曲學研究）又有論套數論小令論詠物論諧謔論尾聲各篇皆偏有所見而雜論一篇尤多精語如曰詈人言絲不如竹竹不如肉以爲漸近自然吾謂詩不如詞不如曲故是漸近人情夫詩之限於律與絕也即不盡於意欲爲一字之益不可得也詞之限於調也即不盡於吻欲爲一語之益不可得也若曲則調可累用字可襯增詩與詞不得以諧語方言入而曲則惟吾意之欲至口之欲宣縱橫出入無之而無不可也故吾謂快人情者要毋過於曲也又曰作曲如美人須自眉目齒髮以至十指雙鈎色色妍麗又自筓葉衣履以至語笑行動事事襯副始可言曲又曰作閨情曲而多及景語吾知其窘矣此在高手持一情字摸索洗發方挹之不盡寫之不窮淋漓渺漫自有餘力何暇及眼前與我相二之花鳥煙雲俾掩我真性混我寸管哉世之曲詠情者强半持此律之品力可立見矣綜此三條觀之其論曲之勝於詩詞在能盡意盡言此語一方固足闡曲之性質與作法一方又足明曲之體製與韵律著曲之妙用在從極嚴密之矩矱中寓極自由之杼柚以言作法則求合第二條所論似極難矣然曲有無不可出口之辭無不可下筆之字難達之情難狀之景得此已大足以供其驅遣而句法長短字數單偶又極盡參伍錯綜之能不足則更以襯字調濟之其用韵也平仄既可通押入聲又派入三聲而取用之字乃廣泛無際故宮譜聲譜之限制雖嚴而行文遣詞之變化無限作者苟能耳目淸明志氣虛靜則臨文之際安得不有縱橫出入無之不可之樂哉至云持一情字摸索洗發

元人散曲選　三　國立武漢大學印

《元人散曲選》眉批（一）

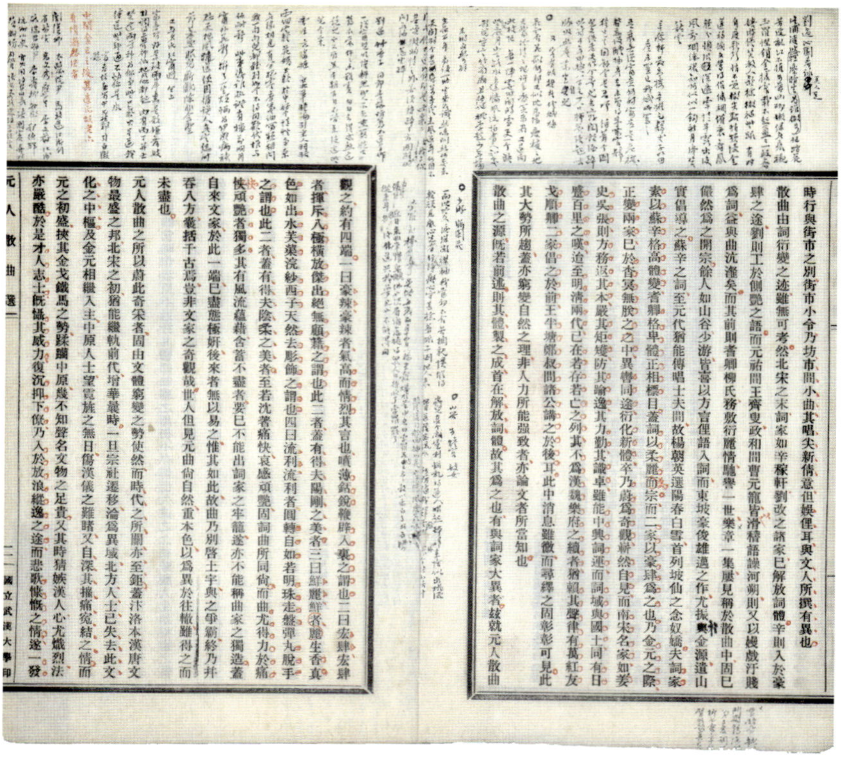

時行與街市之別街市小令乃坊市間小曲其唱尖新倩意但娛俚耳與文人所撰有異也
散曲由詞衍變之迹雖無可考然北宋之末詞家如辛稼軒劉改之諸家已解放詞體辛則入於豪肆之途劉則工於側艷之語而元祐間王齊叟政和間曹元寵皆滑稽語諢河朔則又以優戲汙賤爲詞益與曲沆瀣矣而其前則耆卿柳氏務敷衍麗情馳譽一世樂章一集屢見稱於散曲中固已儼然爲之開宗餘人如山谷少游皆喜以方言俚語入詞而東坡豪俊雄邁之作尤振金源遺山實倡導之蘇辛之詞至元代猶能傳唱士夫間故楊朝英選陽春白雪首列坡仙之念奴嬌夫詞家素以蘇辛格高體變者爲格卑體正相標目蓋詞以柔麗而宗而二家以豪肆爲之也乃金元之際正變兩家已於杳冥無朕之中異轡同途衍化新體辛乃蔚爲奇觀嶄然自見而南宋名家如姜史吳張則方務返其本嚴其矩矱防其踰逸其力勤其識卓雖能中興詞運而詞域與國土同有日蹙百里之嘆迨至明清兩代已在若存若亡之列其不爲漢魏樂府之續者猶賴其聲律有萬紅友戈順卿二家倡之於前王半塘鄭叔問諸公講之於後耳此中消息雖微而尋繹之固彰彰可見此其大勢所趨蓋亦窮變自然之理非人力所能强致者亦論文者所當知也
散曲之源既若前述則其體製之成首在解放詞體故其爲之也有與詞家大異者玆就元人散曲觀之約有四端一曰豪辣豪辣者氣高而情烈其言也嘖薄銛銳鞭辟入裏之謂也二曰宏肆宏肆者揮斥八極橫放傑出絕無顧藉之謂也此二者蓋有得夫陽剛之美者三曰鮮麗鮮麗者生香真色如出水芙蕖浣紗西子天然去彫飾之謂也四曰流利流利者圓轉自如若明珠走盤彈丸脫手之謂也此二者蓋有得夫陰柔之美者至若沉著痛快哀感頑艷固詞曲所同尙而曲尤得力於痛快頑艷者獨多其有風流蘊藉含蓄不盡者要已不能出詞家之牢籠遂亦不能稱曲家之獨造蓋自來文家於此一端已盡態極妍後來者無以易之惟其如此故曲乃別啓土宇與之爭霸終乃幷吞八方囊括千古焉豈非文家之奇觀哉世人但見元曲尙自然重本色以爲異於往轍難得之而未盡也
元人散曲之所以蔚此奇采者固由文體窮變之勢使然而時代之所關亦至鉅蓋汴洛本漢唐文物最盛之邦北宋之初猶能纘軌前代增華曩時一旦宗社遷移淪爲異域北方人士已失去此文化之中樞及金元相繼入主中原人士望霓旌之無日傷漢儀之難睹又自深其擁痛寃結之情而元之初盛挾其金戈鐵馬之勢蹂躪中原幾不知聲名文物之足貴又其時猜嫉漢人心尤熾烈法亦嚴酷於是才人志士既懾其威力復沉抑下僚乃入於放浪縱逸之途而悲歌慷慨之情遂一發

元人散曲選一　一二　國立武漢大學印

《元人散曲選》眉批（二）

武漢大學
百年名典

宋代歌舞劇曲録要
元人散曲選

劉永濟 輯録

武漢大學出版社
WUHAN UNIVERSITY PRESS

圖書在版編目(CIP)數據

宋代歌舞劇曲録要;元人散曲選/劉永濟輯録. —武漢: 武漢大學出版社,2013.11
武漢大學百年名典
ISBN 978-7-307-12012-9

Ⅰ.宋… Ⅱ.劉… Ⅲ.①歌舞劇—劇曲—作品集—中國—宋代 ②散曲—作品集—中國—元代 Ⅳ.I222.9

中國版本圖書館 CIP 數據核字(2013)第 256327 號

責任編輯:陳　帆　　責任校對:汪欣怡　　版式設計:馬　佳

出版發行: **武漢大學出版社** (430072 武昌 珞珈山)
(電子郵件: cbs22@ whu. edu. cn 網址: www. wdp. com. cn)
印刷: 湖北恒泰印務有限公司
開本:720×1000 1/16 印張:16.5 字數:231 千字 插頁:6
版次: 2013 年 11 月第 1 版 2013 年 11 月第 1 次印刷
ISBN 978-7-307-12012-9 定價:40.00 元

《武漢大學百年名典》出版前言

百年武漢大學，走過的是學術傳承、學術發展和學術創新的輝煌路程；世紀珞珈山水，承沐的是學者大師們學術風範、學術精神和學術風格的潤澤。在武漢大學發展的不同年代，一批批著名學者和學術大師在這裏辛勤耕耘，教書育人，著書立說。他們在學術上精品、上品紛呈，有的在繼承傳統中開創新論，有的集衆家之説而獨成一派，也有的學貫中西而獨領風騷，還有的因順應時代發展潮流而開學術學科先河。所有這些，構成了武漢大學百年學府最深厚、最深刻的學術底蘊。

武漢大學歷年累積的學術精品、上品，不僅凸現了武漢大學“自强、弘毅、求是、拓新”的學術風格和學術風範，而且也丰富了武漢大學“自強、弘毅、求是、拓新”的學術氣派和學術精神；不僅深刻反映了武漢大學有過的人文社會科學和自然科學的輝煌的學術成就，而且也從多方面映現了 20 世紀中國人文社會科學和自然科學發展的最具代表性的學術成就。高等學府，自當以學者爲敬，以學術爲尊，以學風爲重；自當在尊重不同學術成就中增進學術繁榮，在包容不同學術觀點中提升學術品質。爲此，我們縱覽武漢大學百年學術源流，取其上品，掬其精華，結集出版，是爲《武漢大學百年名典》。

“根深葉茂，實大聲洪。山高水長，流風甚美。”這是董必武同志 1963 年 11 月爲武漢大學校慶題寫的詩句，長期以來爲武漢大學師生傳頌。我們以此詩句爲《武漢大學百年名典》的封面題詞，實是希望武漢大學留存的那些澤被當時、惠及後人的學術精品、上品，能在現時代得到更爲廣泛的發揚和傳承；實是希望《武漢大學百年名典》這一恢宏的出版工程，能爲中華優秀文化的積累和當代中國學術的繁榮有所建樹。

《武漢大學百年名典》編審委員會

出版説明

《宋代歌舞劇曲録要》、《元人散曲選》原於2010年由中華書局出版。此次收入《武漢大學百年名典》，根據以上中華書局版本校訂重排，力求保持全書原貌，以資紀念。

武漢大學出版社
二〇一三年八月

编輯者：劉茂舒　劉茂新

本册收録《宋代歌舞劇曲録要》、《元人散曲選》兩種。

《宋代歌舞劇曲録要》以古典文學出版社一九五七年本校訂重排。《元人散曲選》以上海古籍出版社一九八一年本校訂重排。

總目録

宋代歌舞劇曲録要

目　　録

宋代歌舞劇曲録要

總　　論

宋代的歌舞劇曲是繼承着唐代的大曲而發展的。今且先略談唐代的大曲。唐代大曲，凡雅樂、清樂、燕樂皆有之，而西涼、龜茲、安國、天竺、疏勒、高昌等胡樂中的大曲，則雜在燕樂之内。雅樂大曲的名數，今已不可考。《舊唐書》音樂志載清樂四十四曲，皆南朝遺曲。考唐六典注，清樂有大曲、大文曲、小曲三種，此四十四曲中何種是大曲，亦不可考。惟燕樂曲名載於崔令《欽教坊》記的共三百二十四調，其中大曲凡四十六，其詞今存郭茂倩《樂府詩集》近代歌辭中的有涼州歌散序三遍，排遍二遍，伊州歌排遍五遍，入破五遍，皆采取當時有名詩人的絶句詩入樂，有時且截取一詩的四句來用。各詩之間没有連貫性，大約不外是些抒寫閨情、友情或邊怨的詩，或者首尾加用一詩作頌聖之用。前舉的涼州歌散序第三，乃高適哭單父梁九少府詩的首四句。高詩原有二十句，都被截去了。伊州歌排遍第一，乃王維的苦相思詩；排遍第三，乃沈佺期五律的前四句。此外還有緑腰、甘州、泛龍舟、采桑子、千秋樂、雨霖鈴、柘枝、突厥三臺、回波樂等曲，均只存一遍或二遍，其全曲已不可見了。郭氏《樂府詩集》又有水調歌五遍，入破六遍，其第六遍名爲徹，又有大和五遍，陸州歌三遍，排遍四遍，以涼州、伊州體例之，亦是大曲。水調歌第三遍爲韓翃贈李翼的詩，入破第二遍爲杜甫贈花卿的詩。故胡仔《苕溪漁隱叢話》引《蔡寬夫詩話》曰：

> 大氐唐人歌曲本不隨聲爲長短句，多是五言或七言詩，歌者取其辭與和聲相疊成音耳。予家有古涼州、伊州辭，與今遍數悉同而皆絶句也。豈非當時人之辭爲一時所稱者，皆爲歌人竊取播

之曲調乎?

唐代燕樂大曲可考者大約如此。至蔡寬夫所謂“取其辭與和聲相疊成音”一語，即采詩入樂時的方法。絶句詩皆是整齊的五七言，不合樂調，故蔡氏説“本不隨聲爲長短句”。

唐大曲入樂時，歌者所用的方法，見於宋代記載的有如下幾家。沈括《夢溪筆談》卷五曰：

> 古樂府皆有聲有詞，連屬書之，如曰賀賀賀、何何何之類，皆和聲也。今管絃中之纏聲，亦其遺法。唐人乃以詞填入曲中，不復用和聲。

朱熹《語類》曰：

> 古樂府只是詩中間添却許多泛聲。後來人怕失了那泛聲，逐一添一個實字，遂成長短句，今曲子便是。

朱熹《儀禮經傳通釋》曰：

> 竊疑古樂府有唱有和。唱者，發歌句也，和者，繼其聲也。詩辭之外，應更有疊字散聲，以發嘆其趣。

王灼《碧鷄漫志》卷五曰：

> 今黄鐘商有楊柳枝曲，仍是七字四句，與劉、白及五代諸子所制並同，但每句下各增三字一句。此乃唐時和聲，如竹枝、漁父，今皆有和聲也。

胡仔《苕溪漁隱叢話》卷三十九曰：

> 今所存，止瑞鷓鴣、小秦王二闋，是七言八句詩並七言絶句詩而已。瑞鷓鴣猶依字易歌；若小秦王，必須雜以虚聲，乃可歌耳。

從上舉各家所説，唐人采詩入樂的方法，大略已可推知。沈括所謂“和聲”、“纏聲”，王灼所謂“和聲”，胡仔所謂“虚聲”，朱熹所謂“散聲”、“泛聲”，皆是加於本辭外的聲調。此種聲調，因用以與本辭相和，故曰“和聲”，因原無實義，故曰“虚聲”、“散聲”。“泛聲”本琴曲中所用的術語，朱氏藉以比樂府的“虚聲”。“纏聲”沈括説是管絃中的，則亦是藉以比樂府的“虚聲”的。此種“虚聲”，沈氏以爲如古樂府中的“賀賀賀、何何何”，皆是無實義的聲調。後人以有實義的字代之，便成本辭的部分。沈氏所謂“唐人乃以詞填入曲中，不復用和聲”。朱氏所謂“後來人怕失了那泛聲，逐一添一個實字”。王氏所謂“楊柳枝曲，每句下各增三字”即是。也就是朱氏所謂“疊字散聲”，蔡氏所謂“取其辭與和聲相疊成音”。這樣一來，五七言整齊的句調便成了合乎樂律的長短句了。但朱、蔡所指的“疊”法，方式很多，白居易聽歌何滿子的絶句有“一曲四詞歌八疊”之説，則是每句再疊，故四詞爲八疊。而唐人相傳的陽關曲名爲陽關三疊，則是每句三疊。蘇軾不知疊法有此兩種方式，故其《志林》有如下一段話：

> 舊傳陽關三疊，然今世歌者每句再疊而已，若通一首言之，又是四疊，皆非是。或每句三唱以應三疊之説，則叢然無復節奏。

按陽關曲又名渭城曲，乃王維送人使安西的詩，原詩如下：

渭城朝雨浥輕塵，
客舍青青柳色新。
勸君更盡一杯酒，

西出陽關無故人。

及歌者採以入樂時，將原詩字句裁截成二字、三字、四字等部分，再重疊之，遂有陽關三疊的曲名。蘇氏說“今世歌者每句再疊”，則是與白居易所謂“四詞八疊”相合，蘇氏誤以爲“非是”。蘇氏又以“若通一首言之，又是四疊”爲“非是”。實則仍與白詩所說並無不同。理由是蘇氏除掉原句四疊不算，故止“四疊”，白氏並原句四疊算在內，故有“八疊”。蘇氏又說：“或每句三唱以應三疊之說，則叢然無復節奏。”則不知“每句三唱”，乃另一疊法，與前“每句再疊”之法不同，並非“叢然無復節奏”。我幼年在家藏《三續百川學海》叢書中，見一書名《陽關三疊》。其書所載疊法很多。我還記得兩種，皆是連原句三疊。此書何人作於何時，我却忘了，而家藏古書，經過我故鄉屢次亂事，已不存在，《三續百川學海》叢書又極難得，因此我以後就不曾再見此書。但那兩種疊法却是合於三疊之說，而且凡唐人絶句，都可照樣疊着唱。今録於後：

第一種疊法：

渭城朝雨，渭城朝雨浥輕塵，浥輕塵。
客舍青青，客舍青青柳色新，柳色新。
勸君更盡，勸君更盡一杯酒，一杯酒。
西出陽關，西出陽關無故人，無故人。

第二種疊法：

渭城，渭城朝雨，渭城朝雨浥輕塵。
客舍，客舍青青，客舍青青柳色新。
勸君，勸君更盡，勸君更盡一杯酒。
西出，西出陽關，西出陽關無故人。

從上録兩種疊法看來，合於每句三疊之說甚明，而且唱來頗有婉轉纏綿的情趣，正如朱氏所説，可以“發嘆其趣”，何嘗如蘇説“叢然無復節奏”。此種疊法，且合於七言詩句組成的規律。因七言詩句本是用二字、三字、四字、五字等組成的，所以照其組成部分分截之，再將它重疊之，便成了長短句。今且再取唐人入樂絶句的本辭與五代協律小令一比較，就更加了然。此如王灼所指出的楊柳枝曲，便是一個好例證。

唐人温庭筠的楊柳枝本是七言四句，其詞曰：

館娃宫外鄴城西，
遠映征帆近拂堤。
繫得王孫歸意切，
不關春草緑萋萋。

而五代顧夐的楊柳枝詞則是長短句，其詞曰：

秋夜春閨思寂寥，漏迢迢。
鴛幃羅幌麝煙銷，燭光摇。
正憶玉郎游盪去，無尋處。
更聞簾外雨瀟瀟，滴芭蕉。

此詞每句下三字，顯係重疊上句末三字的聲調。可見唐人唱此曲原來每句下有虚聲和之，而此種作和用的虚聲，又即每句末三字的聲調，後來用有實義的字填上去，便成了長短句的形式。而這種疊法，或許就是白氏所謂“四詞八疊”。今將陽關曲照此疊法，則其式如下：

渭城朝雨浥輕塵，浥輕塵。
客舍青青柳色新，柳色新。
勸君更盡一杯酒，一杯酒。
西出陽關無故人，無故人。

自然，由整齊的詩句變成合律的長短句，方式是很多的，也有些不容易看出演變的痕迹，有些用增字和重疊的方法更加複雜，還可在本詞外添些詞句。此如徐本立《詞律拾遺》所載的無名氏古陽關一調，及北曲大石調中所有的陽關三疊一曲，就很複雜。顯然是後世曲家從唐人唱陽關三疊的方法加以擴充的。蓋藝術發展的規律，都是由簡而繁的。今録徐本立《詞律拾遺》無名氏古陽關於此，以便比較：

渭城朝雨，句　一霎浥輕塵。韻
更灑遍客舍青青。叶首句韻
弄柔凝千縷柳色新。叶首句韻○按徐本立疑凝下脱緑碧等字。
更灑遍客舍青青。疊第三句韻
千縷柳色新。疊第四句韻
休煩惱。换仄韻
勸君更進一杯酒，句　人生會少。叶仄韻
自古富貴功名有定分。二换仄韻
莫遣容儀瘦損。叶二换仄韻
休煩惱。疊後起句韻
勸君更進一杯酒，句
只恐怕西出陽關，句　舊游如夢，句　眼前無故人。换平韻
只恐怕西出陽關，句　眼前無故人。叶平韻

唐人唱詩的方法，即是唱大曲的方法，其大略不過如此。至於所謂“散序”、“排遍”、“入破”等名目，則是每一節奏的名稱，詳後論宋大曲演奏次第中。

宋代歌舞劇曲約可分成下列七類：

一、大曲
二、舞曲及曲破
三、法曲
四、鼓子詞
五、轉踏
六、諸宮調
七、賺詞

宋代大曲見於宋史樂志的凡十八調,四十大曲。大原作六,今從王國維唐宋大曲考改。今錄如下:此四十大曲與唐教坊記同名者五,志以×;同名而教坊記非大曲者五,志以△;與宋官本雜劇段數同名者二十六,志以○;與宋詞調同名者十七,志以※。即此可見它們相互的關係。

一曰正宮調,其曲三:

梁州※×○瀛府○齊天樂※

二曰中呂宮,其曲二:

萬年歡※○△劍器※○△

三曰道調宮,其曲三:

梁州　薄媚※×△大聖樂※○

四曰南呂宮,其曲二:

瀛府　薄媚

五曰仙呂宮,其曲三:

梁州　保金枝○延壽樂○

六曰黃鐘宮,其曲三:

梁州　中和樂○劍器

七曰越調,其曲二:

伊州※×○石州※○

八曰大石調,其曲二:

清平樂※△大明樂○

九曰雙調,其曲三:

降聖樂○新水調※○采蓮※○

十曰小石調，其曲二：

胡渭州※○△嘉慶樂○

十一曰歇指調，其曲三：

伊州 君臣相遇樂○慶雲樂○△

十二曰林鐘商，其曲三：

賀皇恩○泛清波※○胡渭州

十三曰中吕調，其曲二：

緑腰※×○道人歡○

十四曰南吕調，其曲二：

緑腰　罷金鉦○

十五曰仙吕調，其曲二：

緑腰　彩雲歸※○

十六曰黄鐘羽，其曲一：

千春樂×○

十七曰般涉調，其曲二：

長壽仙※○滿宮花※

十八曰正平調，無大曲，小曲無定數。

以上各曲係據《宋史·樂志》録出的。此外王氏《唐宋大曲考》又引陳振孫《書録解題》歌辭類有五十大曲十六卷，張炎《詞源》卷下音譜條説有五十四大曲，周密《齊東野語》稱樂府混成集所載大曲類有百餘解，都不可考。又宋大曲見於宋人著述者，王氏《唐宋大曲考》所引尚有商調熙州（見洪邁《容齋隨筆》卷十四），黄鐘宮降黄龍（見張炎《詞源》卷下），柘枝（見沈括《夢溪筆談》卷五），惜奴嬌（見洪邁《夷堅乙志》卷十三），傾杯（見陳元靚《歲時廣記》卷三十五），夷則商霓裳羽衣曲譜（見王灼《碧鷄漫志》卷三），法曲獻仙音、法曲第二（見柳永《樂章集》卷中），望瀛（見葛立方《韻語陽秋》），清和樂（見《書録解題》卷二十一），今亦多不傳。此等大曲皆歌舞相兼的曲，然亦有但有樂譜而無歌辭者。張炎《詞源》卷下論音譜謂“大曲亦有歌者有譜而無曲”是也。熙州以下各大曲雖其遍數間有記載而全曲已不傳。惟《夷堅乙志》之惜奴嬌九遍及《高麗史志》卷七十一惜奴嬌曲破八遍尚存。其有雜見宋人詞集的，皆詞人摘取大曲中一遍所製。如晏幾道《小山詞》中的泛清波摘遍，賀鑄《東山寓聲樂府》中的石州引，蘇軾《東坡詞》中的水調歌頭，曹勛《松隱詞》中的長壽仙促拍，吴文英《夢窗詞》中的夢行雲，自注即六么花十八一遍，皆其證。六么即緑腰的别名。

大曲演唱的次第及其節奏的名目，見於沈括《夢溪筆談》及王灼《碧鷄漫志》二書。沈括《夢溪筆談》卷五曰：

> 所謂“大遍”者，有序、引歌、䆒、嗺、哨、催、攧、衮、破、行中腔、踏歌之類，凡數十解，每解有數疊者。裁截用之，謂之“摘遍”。今人大曲，皆是裁用，悉非“大遍”也。

王灼《碧鷄漫志》卷三曰：

> 凡大曲有散序、靸、排遍、攧、正攧、入破、虚催、實催、衮遍、歇拍、殺衮，始成一曲，此謂“大遍”。而涼州排遍予曾見一本，有二十四段。後世就大曲製詞者，類從簡省，而管絃家又不肯從首至尾吹彈，甚者學不能盡。

沈、王二人所説，略不相同。證以今存大曲，則王氏所説爲近。沈氏所説，其中或有演奏時插入的節目，所以他説的名目比王爲多。至於各種名目的意義及其用處，王國維《唐宋大曲考》曾有解釋。今概括其説於後，别加按語，以試圖略知宋代歌舞劇曲演奏時的次第及情況。

一、遍疊、片　王國維曰：“遍者，變也。古樂一成爲變。《周禮》大司樂，有‘六變’、‘八變’、‘九變’。鄭注云：‘變猶更也，樂成則更奏也。’賈疏云：‘變猶更也者，燕禮云“終”，尚書云“成”，此云“變”是也。’舞亦有變。馬端臨曰：舞者‘每步一進，則兩兩以戈盾相向，一擊一刺爲一伐，爲一成，成謂之變’。《文獻通考》卷一百四十五如唐之‘聖壽舞十六變而畢’。同上並杜佑《通典》卷一百四十六而他舞如‘破陣樂五十二遍，慶元樂七遍，上元舞二十九遍’。《舊唐書·音樂志》或云變，或云遍，知此兩字因音同而互用也。大曲皆舞曲，樂變而舞亦變，故以遍名各疊，非偶然也。”

按郭茂倩《樂府詩集》卷七十九近代曲辭水調歌序曰：“按唐曲凡十一疊，前五疊爲歌，後六疊爲入破。其歌第五疊五言，調聲最爲怨切，故白居易詩云：‘五言一遍最慇懃，調少情多似有因’云云。”據此，一遍即一疊。唐霓裳羽衣曲中序本十二疊，而白居易霓裳羽衣曲歌則曰：“繁聲急節十二遍”，是也。又張炎《詞源》卷下曰：“大曲片數與法曲相上下。”又曰：“法曲之拍與大曲相類，每片不同。”又曰：“法曲之序一片，正合均拍。俗傳序子四片，其拍煩碎。”張氏所謂片，亦遍的省體字。

二、散序序　中序拍序　王國維曰：“大曲各遍之名唐時有散序、中序、……中序一名拍序，即排遍。”

按白居易霓裳羽衣曲歌曰：“散序六奏未動衣，陽臺宿雲慵不飛。”自注：“散序六遍無拍故不舞。”證以沈括《筆談》謂“前六疊無拍，至第七疊方謂之疊遍，自此始有拍而舞”之語，則散序乃曲前無拍不舞各疊之名，不同中序。白氏歌又曰：“中序劈騞初入拍，秋竹竿裂春冰拆。”自注：“中序始有拍，亦名拍序。”與沈説合。但沈謂疊遍始有拍而舞，與陳暘《樂書》“入破……舞者入場”之説不同，見後第八條。沈括所謂序，當包散序、中序，王灼則專指散序。

三、疊遍排遍、歌頭、延遍　王國維曰：“中序一名拍序，即排遍。”又曰：“排遍又謂之歌頭，水調歌頭即新水調之排遍也。”

按王灼《漫志》散序後有排遍無中序，中序或是唐代之習稱。詞調有霓裳中序第一，當是因襲唐曲的名稱。謂之排者，不止一遍也。王、沈二氏謂疊遍始有拍，白氏謂中序始有拍，故知中序即排遍，排遍又名疊遍，亦遍數重疊之意。又史浩采蓮大曲排遍後兩遍，前一爲延遍，後一爲攧遍。延有引長義，曲調至此將近入破，故引長之。攧遍見後第七條。王氏謂排遍即歌頭，語欠分明，詳後第十二條論引歌。

四、鞁　鈒　王國維曰：“《集韻》‘鈒，悉合切’，又‘鞁，息合切’，二字音同。”沈氏之所謂“鈒”，即王氏所謂“鞁”，義均未詳。

五、嗺　王國維曰：“嗺以侑酒得名。葉夢得云：‘公燕合樂，每酒行一終，伶人必唱嗺酒，然後樂作。此唐人送酒之辭，本作碎音，今多爲平聲。’”《石林燕語》卷五

按王氏又引程大昌《演繁露》卷十一一段，證此字或作膗，訛作啐，皆唐人熟語。又謂“《東京夢華録》、《夢粱録》謂之綏酒，亦音同之誤”。今考《集韻》，綏又作哸，促飲也。促飲亦即侑酒。然則嗺者公宴時演奏大曲中間所加入的儀節。即前條的鈒及鞁，雖不知其義，當亦同此，非大曲本身曲遍之名。

六、哨　王國維曰：“哨義未詳。《宋史·樂志》：‘政和三年五月，舊來淫哇之聲，如打斷、哨笛、迓鼓之類，與其曲名，悉行禁止。’哨當如哨笛之哨，然義不可知。宋詞般涉調有哨遍，大曲無聞。”

按《集韻》“哨，口不正也”。《韻會》“哨，多言也”。《玉篇》“哨，小也”。合此三義，當是淩雜不正之音，與《樂志》所說的可以印證。《樂志》所說的迓鼓乃宋時民間小戲。朱熹《語類》卷一百三十九曰：“如迓鼓，其間男子、婦人、僧、道、雜色，無所不有，但都是假的。”疑打斷、哨笛兩種亦與此同。

七、攧攧遍、正攧　王國維曰：“攧字字書罕見。……周密《癸辛雜識》後集載德壽宮舞譜五花兒舞，有‘踢、搕、刺、攧、擊、搠、捽’

諸名，則亦舞中之一節，因以名其遍者。”

按曾布水調歌頭共七遍，其排遍第七爲攧花十八，前第六爲帶花遍。史浩采蓮大曲，共八遍，入破前一遍名攧遍。董穎道宫薄媚大曲共十遍，其排遍第十爲攧，亦在入破前。又王灼《碧鷄漫志》卷三曰：“宣和初，普州守山東人王平，詞學華贍，自言得夷則商霓裳羽衣譜，取陳鴻、白樂天《長恨歌傳》，並樂天寄元微之霓裳羽衣曲歌，又雜取唐人小詩長句，及明皇、太真事，終以微之《連昌宫詞》，補綴成曲，刻板流傳。曲十一段，起第四遍、第五遍、第六遍正攧、入破、虛催、衮、實催、衮、歇拍、殺衮，音律節奏與白氏歌注大異，則知唐曲今世決不復見，亦可恨也。”據此，則攧遍又有正攧之名，亦在入破前。又方成培《香研居詞麈》曰：“歐陽文忠詞云，‘貪看六么花十八。’《碧鷄漫志》此曲内一疊名花十八，前後十八拍，又四花拍，共二十二拍。樂家所謂花拍，蓋非正也。”合此各説觀之，攧者，排遍之末一遍名，此遍之拍前後十八拍又四花拍，如今之贈板。因此遍畢即入破，故於相近一遍，增多拍數，使其音節漸繁，方不見其變太突。然則攧亦形容拍多音繁，聲調攧動的意思。據陳暘《樂書》所載，此時舞者還未入場，則王氏説爲“舞中之節，因以名其遍”，恐非。

八、入破徹　王國維曰：“宋上交《近事會元》卷四云：‘入破則之曲繁聲處也。’”又引陳暘《樂書》卷一百八十五曰：“‘大曲前緩疊不舞，至入破則羯鼓、襄鼓、大鼓與絲竹合作，勾拍益急，舞者入場，投節制容，故有催拍、歇拍，姿制俯仰，變態百出。’歐陽永叔所謂‘入破舞腰紅亂旋’者是也。”

按入破的意義，陳氏《樂書》所説甚明。但謂入破後舞者入場，似入破前各遍，徒歌而不舞，與沈氏至疊遍始有拍而舞之説不合。如謂陳氏所説乃指入破後舞容特盛而言，則陳氏又有“大曲前緩疊不舞”之説，陳所謂緩疊，如即沈所謂排遍，則仍難與沈説一致。入破末一遍又名徹，王國維謂“宋大曲無此名”。然張先減字木蘭詞詠舞，有“舞徹伊州，（一作涼州）頭上宫花顫未休”之句，則不可曰“宋大曲無此名”。入破末一遍本名殺衮，殺衮或作煞衮，曲調至此，便須煞住。又名徹者，徹有除去的意思，曲調至此，即將除去也。但今存宋大曲甚少，偶不見有名徹者，恐不可便斷其必無。

九、催 虚催 實催、催拍　王國維曰：“虚催、實催，均指攤拍言之，故董穎薄媚實催作催拍。”

按虚催、實催，皆以催名遍，當是曲拍至此漸急，故有催促之意。虚實的分別，則是催亦有緩急的不同。歐陽修浣溪沙詞有“六么催拍盞頻傳”句，又玉樓春詞亦有“拍碎香檀催急袞”句，香檀即拍板，虚催實催後皆有袞遍，故曰“催急袞”。即此可見當時歌舞情況，入破以後，最爲熱鬧，故當時劇曲，多取入破以後用之。

十、袞遍 前袞 中袞 殺袞　王國維曰：“袞義未詳。劉克莊《後村别調》賀新郎詞云：‘笑煞街坊拍袞。’則袞當就拍言之。”

按袞指拍言是也。或是滚之省體，名爲滚者，以水流比曲聲之流轉。史浩采蓮大曲共八遍，第一曰延遍，第二曰攧遍，第三曰入破，第四曰袞遍，第五曰實催，第六曰袞，第七曰歇拍，第八曰煞袞。董穎道宫薄媚共十遍，從排遍第八起，次第九排遍，次第十攧，次第一入破，次第二虚催，次第三袞遍，次第四催拍，次第五袞遍，次第六歇拍，次第七煞袞。王灼記王平霓裳羽衣曲譜共十一遍，從排遍第四起，次第五遍，次第六正攧，次入破、虚催、袞、實催、袞、歇拍、殺袞。合上三曲觀之，入破以後，名袞的遍有三。張炎《詞源》卷下論拍眼云：“前袞、中袞，六字一拍，要停聲待拍，取氣輕巧，煞袞則三字一拍，蓋其曲將終，至曲尾數句，使聲字悠揚，有不忍絶響之意，似餘音繞梁爲佳。”據此知虚催後乃前袞，實催後乃中袞，其與煞袞異者，拍之緩急不同而已。

十一、歇拍　王國維無説。

按歇拍在煞袞之前，曲調至此將歇，故曰歇拍，望文可知，故王氏不説。

十二、引歌　行　中腔　踏歌　王國維據周密《武林舊事》及吴自牧《夢粱録》所載皇帝聖壽節日大宴儀式有唱中腔、唱踏歌的節目，謂“嗺、哨、中腔、踏歌，未必爲大曲之一遍，沈氏殆誤以大宴時所奏各樂均爲大曲耳”。

按王説甚是。但謂沈氏誤以嗺、哨等爲大曲之一遍，則恐未然。沈氏《筆談》不過略述大宴時演奏大曲的一般情況，不及分别何者爲大曲的曲遍，何者爲加奏的節目。（大宴奏樂，節目很繁，參看《東京夢華録》卷九、《夢粱録》卷三及《武林舊事》卷一。）未必是不知誤説，王氏未説引歌爲何，疑即曾布水調所謂歌頭。沈氏於序後即述引歌，可知其次第在排遍之首。曹勛法曲道情散序後即歌頭，歌頭後爲遍第一。遍即排遍，第一即排遍第一。張炎《詞源》下謂“法曲散序無拍，至歌頭始拍”。是歌頭即沈氏所謂第七疊遍，而疊遍即排遍，亦即白氏所謂中序，故王國維謂排遍即歌頭。然曹勛法曲歌頭在排遍第一前，證以張氏所謂“至歌頭始拍”，是歌頭乃排遍第一前一遍之名，王氏之言，尚欠分明。又史浩鄮峰真隱大曲有柘枝舞曲，首吹柘枝令，次吹射雕遍，連歌頭。歌頭亦在排遍之首。曰“引”，曰“頭”，亦即在歌前的意思。宋人詞調中有序、引等名目，如畫眉序、傾杯序、鶯啼序、霓裳中序第一，皆摘大曲散序或中序中之一遍所製也。如清波引、華胥引、蕙蘭芳引、婆羅門引、江城梅花引，當是大曲散序後的歌頭一遍。亦有即名歌頭者，如水調歌頭、六州歌頭是。王灼《碧鷄漫志》謂：“凡大曲就本宮調製引、序、慢、近、令，蓋度曲者常態。”上述諸曲調，當即此類。王氏亦未説行爲何。按行之一名在樂府詩中極爲常見，曲調中則甚少，不知沈氏何指。

總括上節所述，宋時大曲演奏次第可分成三部分如下：

一、散序

1

2

3

4

5

二、排遍始有拍

歌頭引歌

1

2

3

4

5

6

7

8

9 延遍帶花遍

10 攧遍花十八正攧

三、入破舞者入場

1

2 虛催

3 前袞

4 實催催拍

5 中袞

6 歇拍

7 煞袞徹

上列三部分，其中一、二等表遍數，但此所表遍數係任意列之者，今存宋大曲、舞曲、法曲的遍數，多少不等，均見前各條中。沈括所謂■、嗺、哨、行、中腔、踏歌及王灼所謂靸，非大曲的曲遍，故不列入。其各遍的異名均附載於各遍之下。

宋歌舞劇曲現存於宋人著述及詞集中者，約略可數，今録其較重要者如下：

一、屬於大曲者

董穎道宮薄媚十遍見曾慥《樂府雅詞》卷上

曾布水調歌頭七遍見王明清《玉照新志》卷二

史浩采蓮八遍見《鄮峰真隱大曲》卷一

二、屬於舞曲者舞曲亦大曲，但多用入破部分，故前人亦有名之爲曲破者。

史浩采蓮舞此下六曲皆見鄮峰《真隱大曲》卷一及卷二

太清舞

柘枝舞

花舞

劍舞

漁父舞

三、屬於曲破者曲破即用大曲入破部分爲之者。現存之曲破但有曲詞而無演奏時歌舞的情節，與舞曲不同，故自來别爲一類。

無名氏惜奴嬌曲破見《高麗史》卷七十一《樂志》。

又　一種見洪邁《夷堅乙志》。志稱九華仙降張淵道家所賦。王國維謂："此篇衍爲大曲而並無散序、排遍、入破之名，疑不知大曲者依仿爲之也。"恐非。蓋《高麗史》志一種亦無也。

四、屬於法曲者法曲亦大曲，因其隸於法曲部，故曰法曲。王國維謂："由其體制觀之，固與大曲無異也。"

曹勛法曲道情十一遍見《松隱樂府》

今存宋大曲，觀上舉各曲，已可知其大概。此外宋代劇曲還有鼓子詞、轉踏、諸宫調、賺詞等，略述於後。

鼓子詞皆用一曲連續歌之，以詠故事。其方式有二：一爲横排式，一爲直叙式。横排式者，並列同性質的故事，以同一詞調歌詠之；直叙式者，直述一事的首尾，亦以一調反復歌詠。此式適宜於敷衍故事，較之横排式者，有顯著的進步，但兩式均爲徒歌之曲，且多屬文士遣興之作，或於宴會之時作爲娱樂賓客之用者。至周密《武林舊事》卷七所稱張掄奉旨所撰的道情鼓子詞，今存於張掄《蓮社詞》者，雖尚有十種，則皆逢迎統治者之詞，且多殘缺，殊無足觀，今不録。另録文士遣興之作於此。

一、屬於横排式者

歐陽修采桑子十一首見《六一詞》，此十一首分詠潁州西湖景物。

又　漁家傲十二首見楊元素《時賢本事曲子集》，詠十二月景物。

洪適生查子十四首見《盤洲樂章》，此分詠盤洲一年景物。

二、屬於直叙式者

趙令畤商調蝶戀花十二首見《侯鯖録》，此演元微之《會真記》事。

楊萬里歸去來兮引見《誠齋集》卷九十七，此曲概括陶潛歸去來辭，純用代言體，與趙作類，故附此。

調笑轉踏，又名傳踏、纏達。王灼《碧鷄漫志》曰："世有般涉調拂霓裳曲，因石曼卿取作轉踏，述開元天寶舊事。曼卿云：'本是月宫之音，翻作人間之曲。'"曾慥《樂府雅詞》亦曰："九重傳出。"蓋最初爲宫廷所製，後來士大夫皆仿作，亦歌舞相兼的劇曲。其體制首用駢語爲勾隊詞，次口號，次以一詩一詞詠一故事。詩共八句，四句爲一韻，詞用調笑令，故稱調笑轉踏，詞首二字與詩末二字相疊，有宛轉傳遞的意思。郭茂倩《樂府詩集》卷八十二近代曲辭類有宫中調笑及踏歌二種。調笑詞，戴叔倫又名轉應詞，因詞中有展轉相應之句也。劉禹錫踏歌有"新詞宛轉遞相傳"一首，鄭僅調笑曲即全引之爲放隊詞，可證此體與唐人調笑詞、轉應詞、踏歌皆有關。調笑轉踏，多取材古傳美人故事，或出古樂府詩，或出唐人小説傳奇，亦有用名勝古迹者，但皆横排的方式。此外宋代歌劇還有漁家傲引及九張機二種，皆與轉踏相似，但内容變分詠幾故事爲專詠勞動人民的生活及代其抒寫情感。今録存下列各曲，以見一斑。

一、屬於分詠體者

無名氏調笑集句 見曾慥《樂府雅詞》卷上，此曲不知作者名氏。

鄭僅調笑 同上

晁補之調笑 同上

秦觀調笑 見《淮海長短句》

毛滂調笑 見《東堂詞》

洪適番禺調笑 見《盤洲樂章》，所詠皆盤洲名勝古迹。

二、屬於專詠體者

洪適漁家傚引 同上，此曲以漁家傚一調，反復歌唱漁家的生活。

無名氏九張機 見曾慥《樂府雅詞》卷上，共兩曲，曾云，又名醉留客，列於轉踏類，但不用分詠體，又不限於調笑令，故前人以之分爲兩類。此兩曲皆抒寫織婦怨情之詞。

諸宫調爲合諸宫調的曲調以成一體，用以歌唱故事。亦徒歌的劇曲也。王灼《碧鷄漫志》卷二載："熙、豐、元祐間……澤州孔三傳者首創諸宫調古傳，士大夫皆能誦之。"吴自牧《夢粱録》卷二十云："説唱諸宫調，昨汴京有孔三傳編成傳奇靈怪，入曲説唱。"説唱者，有説有唱，如今傳《唐三藏取經詩話》有詩有話之類是也。由唱詩變而唱詞，就成了説唱諸宫調。這種説唱體也就是後世戲劇有道白有唱詞的遠源。宋時業此的伎藝人，見於周密《武林舊事》卷六"諸色伎藝人"條，有高郎婦、黄淑卿、王雙蓮、袁太道四人。由此可知此種説唱諸宫調原是民間伎藝人的創作，可惜當時所常説唱的曲本今皆不傳。惟金董解元有《西厢記》一本，據王國維《宋元戲曲考》證明即諸宫調體。宋代民間所作雖不可見，董西厢雖係金代文人所作，然宋金時代相同，由此可以推知此體之大概。

賺詞一體亦係民間藝人所創，與諸宫調相類。《夢粱録》卷二十有記載曰："中興後，張五牛大夫因聽動鼓板中，又有四片太平令，或賺鼓板，即今拍板大節抑揚處是也，遂撰爲賺。賺者，悞賺之義也。令人正堪美聽，不覺已至尾聲，是不宜爲片序也。今又有覆賺，又且變花前月下之情，及鐵騎之類。”吴氏之言，頗難全部理解，大約所指，多係音節上的情況。至從文詞上言之，此體亦可敷演故事，故王國維謂：“唱賺之中，亦有敷演故事者。”王氏《宋元戲曲考》從日本翻元泰定本《事林廣記》戊集卷二得唱賺一種，謂：“當出南渡之後，詞前有遏雲要訣。遏雲者，南宋歌社之名。”按吴氏明言“中興後”，則是南宋之作無疑，但《事林廣記》所載未必便是張五牛大夫之作。觀張五牛名字，似是民間藝人，其稱大夫，非有官職者，乃當時藝人中有此稱號。如《夢粱録》卷二十“百戲伎藝”條有金綫盧大夫乃弄懸綫傀儡者，王六大夫乃説講書史者。張五牛大夫當亦此等藝人。

宋大曲演奏的節目及次第，以今存各曲觀之，當與唐時無甚差異。惟其曲詞本係長短句，入樂時不再經過裁截與重疊的程序，已爲一大進步。此外就現存各曲觀之，其較唐時爲進步者，可述如下。

唐代大曲皆類聚詩人描寫閨情、友誼及邊怨的詩作成全曲，彼此不相連貫。宋歌舞劇曲除鼓子詞分詠景物，調笑轉踏分詠美人故事及名勝古迹者外，如董穎的道宫薄媚十遍詠吴越事，曾布的水調歌頭七遍詠馮燕事，史浩的劍舞詠鴻門宴及公孫大娘舞劍器事，已具戲劇的雛形。而趙令畤的商調蝶戀花十二首以元微之《會真記》崔張故事爲題材，則更與後世愛情悲劇相近，故毛奇齡《西河詞話》視爲戲劇之祖。楊萬里歸去來兮引，隱括陶潛歸去來辭，以數曲代一人之言，變旁述體爲代言體，尤與後世戲劇的體裁相似，故王國維謂爲元人套數雜劇之祖。此等劇曲則較之唐人更爲進步了。蓋宋代劇曲既上承唐代大曲之後，又下開金、元雜劇之先，實古今戲劇發展的樞紐也。

宋代歌舞劇曲之存於今者，雖寥寥可數，然在當時却爲數不少。《夢粱録》卷二十謂：“向者汴京教坊大使孟角球曾做雜劇本子，葛守誠撰四十大曲。”而《武林舊事》卷十所載官本雜劇段數多至二百八十本，今雖僅有存目，且其中不盡爲歌舞劇，雜有民間遊戲的曲藝，亦可知宋代上自士大夫下至民間，流行的戲劇之盛況。今依王國維《宋元戲曲考》所考證的結果，將此二百八十本中，用大曲的一百有三曲，用法曲的四曲，用諸宮調的二曲以及用普通詞調的三十曲，王氏謂三十有五曲，實數之只三十曲。共一百三十九曲，附載於末，以備參考。

一九五七年一月於武昌珞珈山

一、大曲三種

董　穎　道宫薄媚 西子詞

排遍第八

此遍前半總叙大意，似後世劇曲開場詞，後半叙本事。

怒潮卷雪，巍岫布雲，越襟吴帶如斯。有客經游，月伴風隨。值盛世。觀此江山美，合放懷，何事却興悲。不爲回頭，舊谷天涯。爲想前君事，越王嫁禍獻西施。吴即中深機。　闔廬死。有遺誓。勾踐必誅夷。吴未干戈出境，倉卒越兵投，怒夫差鼎沸鯨鯢。越遭勁敵，可憐無計脱重圍。歸路茫然，城郭坵墟，飄泊稽山裏。旅魂暗逐戰塵飛。天日慘無輝。谷疑國誤；投字失韻，提字之誤。

排遍第九

此遍代越王勾踐嘆憤之詞。

自笑平生，英氣淩雲，凛然萬里宣威。那知此際，熊虎涂窮，來伴麋鹿卑棲。既甘臣妾，猶不許何爲。計争若，都燔寶器，盡誅吾妻子。徑將死戰決雄雌。天意恐憐之。偶聞太宰，正擅權貪賂市恩私。因將寶玩獻誠，雖脱霜戈，石室囚縶。憂嗟又經時。恨不如，巢燕自由歸。殘月朦朧，寒雨瀟瀟，有血都成淚。備嘗崄厄返邦畿。冤憤刻肝脾。

第十攧

此遍叙大夫種設計賂吴王夫差，即獻西子事。

種陳謀，謂吴兵正熾，越勇難施。破吴策，惟妖姬。有傾城妙麗。名稱西子歲方笄。算夫差惑此，須致顛危。范蠡微行，珠貝爲香餌。苧蘿不釣釣深閨。呑餌果殊姿。 素肌纖弱，不勝羅綺。鸞鏡畔，粉面淡匀，梨花一朵瓊壺裏。嫣然意態嬌春，寸眸剪水。斜鬟鬆翠，人無雙宜。名動君王，綉履容易，來登玉陛。稱一作字。

入破第一

此遍叙西子赴吴及越王囑託西子之詞。

窣湘裙，摇漢珮。步步香風起。斂雙蛾，論時事。蘭心巧會君意。殊珍異寶，猶自朝臣未與。妾何人，被此隆恩，雖令効死。奉嚴旨。 隱約龍姿忻悦。重把甘言説。辭俊雅，質娉婷，天教汝衆美兼備。聞吴重色，憑汝和親，應爲靖邊陲。將别金門，俄揮粉淚靚粧洗。

第二虚催

此遍叙西子入吴，子胥諫吴王勿納西子，吴王不聽事。

飛雲駛香車，故國難回睇。芳心漸摇，迤邐吴都繁麗。忠臣子胥，預知道爲邦祟。諫言先啓。願勿容其至。周亡褒姒。商傾妲己。 吴王却嫌胥逆耳。才經眼便深恩愛，東風暗綻嬌蕊。彩鸞翻妒伊。得取次于飛共戲。金屋看承，他宮盡廢。

第三衮遍

此遍乃前衮，叙夫差既納西子，日夜荒淫事。

華宴夕，燈摇醉。粉菡萏，籠蟾桂。揚翠袖，含風舞，輕妙處，驚鴻態。分明是瑶臺瓊榭，閬苑蓬壺景，盡移此地。花繞仙步，鶯隨管吹。　寶帳暖留春，百和馥郁融鴛被。銀漏永，楚雲濃，三竿日，猶褪霞衣。宿酲輕，腕嗅宫花雙帶繫。合同心時，波下比目，深憐到底。

第四催拍

此遍乃實催，叙吴王不恤百姓，人民心懷反意及越國君臣觀察吴國舉動，以備報仇事。

耳盈絲竹，眼摇珠翠。迷樂事，宫闈内。争知漸國勢陵夷。奸臣獻佞，轉恣奢淫，天譴歲屢饑。從此萬姓，離心解體。　越遣使，陰窺虚實。蚤夜營邊備。兵未動，子胥存，雖堪伐，尚畏忠義。斯人既戮，又且嚴兵卷土赴黄池。觀釁種蠡，方云可矣。

第五衮

此遍乃中衮，叙越兵入吴，殺留守太子及吴王兵敗事。

機有神，征鼙一鼓，萬馬襟喉地。庭喋血，誅留守，憐屈服，斂兵還，危如此。當除禍本，重結人心，争奈竟荒迷。戰骨方埋，靈旗又指。　勢連敗，柔荑携泣。不忍相抛棄。身在兮心先死。宵奔兮兵已前圍。謀窮計盡，唳鶴啼猿，聞處分外悲。丹穴縱近，誰容再歸。庭喋血下四三字句當有一韻。

第六歇拍

此遍叙越殺西子。

哀誠屢吐，甬東分賜。垂暮日，置荒隅，心知愧。寶鍔紅委。鸞存鳳去，辜負恩憐情，不似虞姬。尚望論功，榮歸故里。　降令曰，吴亡赦汝，越與吴何異。吴正怨，越方疑。從公論，合去妖類。蛾眉宛轉，竟殞鮫綃，香骨委塵泥。渺渺姑蘇，荒蕪鹿戲。

第七煞袞

此遍叙王軒游若耶溪，遇見西子。故事見范攄《雲溪友議》。

王公子，青春更才美。風流慕連理。耶溪一日，悠悠回首凝思。雲鬟煙鬢，玉珮霞裾，依約露妍姿。送目驚喜。俄迂玉趾。　同仙騎，洞府歸去，簾櫳窈窕戲魚水。正一點犀通，遽别恨何已。媚魄千載，教人屬意。況當時，金殿裏。

董穎　王國維《戲曲考》原曰："穎字仲達，紹興間人，嘗從汪彦章、徐師川游。彦章爲作字説。見陳振孫《書録題解》。"案洪邁《夷堅乙志》曰："饒州德興縣士人董穎，字仲達，平生作詩成癖，每屬思時，寢食盡廢，詩成必遍以示人。嘗有警語云：'雲壑釀成千嶂雨，風蘋吹老一汀秋。'蒙韓子蒼激賞，徐師川爲改汀字爲川字。汪彦章曰：'此一字大有利害。'目其文曰'霜傑集'，且制叙以表出之。然其窮至骨，他日入郡爲人作秦丞相生日詩，窮思過當，遂得狂疾，走出欲投江水。或爲遣人呼其子買舟載以歸，歸數日而死。"

本事　此曲以勾踐滅吳爲本事，題材多取之左氏内外傳、《史記·吳世家》、《越世家》、《吳越春秋》及《拾遺記》，今略次於左。

吳伐越。越子勾踐御之，大敗之，靈姑浮以戈擊闔閭，闔閭傷將指，取其一屨還，卒於陘，去檇李七里。(《左傳》) 闔閭使立太子夫差，謂曰："爾而忘勾踐殺汝父乎?" 對曰："不敢。" 常以報越爲志。(《史記·吳世家》) 勾踐聞吳王夫差日夜勒兵，且以報越，欲先吳未發往伐之。范蠡諫，不從。吳王聞之，悉發精兵擊越，敗之夫椒。越王乃以餘兵五千人保栖於會稽，吳王追而圍之。勾踐乃令大夫種行成於吳，曰："君王亡臣勾踐使陪臣種敢告下執事：勾踐請爲臣，妻爲妾。" 吳王將許之，子胥言於吳王曰："天以越賜吳，勿許也。" 種還，以報勾踐。勾踐欲殺妻子，燔寶器，觸戰以死。種止勾踐曰："夫吳太宰嚭貪，可誘以利，請間行言之。" 於是勾踐乃以美女寶器令種間獻於太宰嚭。嚭因説吳王赦越，罷兵而歸。(《史記·越世家》) 勾踐與大夫種、范蠡入臣於吳。吳王囚之石室。勾踐聞吳王病，因太宰嚭入見，求吳王糞嘗之。王乃赦勾踐歸國。(《吳越春秋》) 勾踐歸七年，附循其士民，欲用以報吳。(《史記·越世家》) 范蠡勸以無見其動，以觀其静。大夫種曰："吳王淫而好色，惟王選擇美女二人而進之。" 越王乃使相者國中，得苧蘿山鬻薪之女，曰西施、鄭旦，飾以羅縠，教以容步，習於土城，臨於都巷。三年學服而獻於吳。吳王大悦。子胥諫曰："不可，王勿受也。臣聞賢士國之寶，美女國之咎。夏亡以妹喜，殷亡以妲己，周亡以褒姒。" 吳王不聽，還受其女。(《吳越春秋》) 吳將伐齊。越子率其衆以朝焉。王及列士皆有饋賂。吳人皆喜。惟子胥懼曰："是豢吳也夫。" 諫曰："越在，我腹心之疾也。得志於齊，猶獲石田也。越不爲沼，吳其泯矣。" 弗聽。使於齊，屬其子於鮑氏爲王孫氏。反役。王聞之，使賜之屬鏤以死。(《左傳》) 吳王北會諸侯於黄池。吳國精兵從王，惟獨老弱與太子留守。勾踐復問范蠡，蠡曰："可矣。" 乃發習流二千人，教士四萬人，君子六千人，諸御千人，伐吳。吳師敗，遂殺吳太子。吳告急於王。王方會諸侯於黄池，懼天下聞之，乃秘之。吳王已盟黄池，乃使厚禮以請成越。越自度亦未能滅吳，乃與吳平。(《史記·

越世家》）吴王還自黄池，息民不戒。越大夫種乃倡謀曰："吾謂吴王將遂涉吾地，今罷師而不戒，以忘我，我不可以怠也。且臣嘗卜於天，今吴民既罷而大荒薦餓，市無赤米，而囷鹿空虚。其民必移就蒲嬴於東海之濱。天占既兆，人事又見，我蔑卜筮矣。"越王乃大戒師以伐吴。吴師大北。越軍乃遂涉而從之，又大敗之於没，又郊敗之。三戰三北，乃至於吴。（《國語》）吴王使公孫雄肉袒膝行請成。勾踐憐之，乃使人謂吴王曰："吾置王甬東，君百家。"吴王謝曰："吾老矣，不能事君王。"遂自殺。（《史記·越世家》）又按《拾遺記》曰："越又有美女二人，一名夷光，一名修明。以貢於吴。吴處以椒華之房，貫細珠簾幌，朝下以蔽景，夕卷以待月。二人當軒并坐，理鏡靚妝於珠幌之内，竊窺者莫不動心驚魄，謂之神人。吴王妖惑忘政。及越兵入國，乃抱二女以逃吴苑。越軍亂入見二女，皆言神人，望而不敢侵。"曲云："勢連敗，柔荑携泣，不忍相抛棄。"即指此。又按《丹鉛録》曰："世傳西施隨范蠡去，不見所出，只杜牧有'西子下姑蘇，一舸逐鴟夷'而附會之耳。按墨子'吴起之裂，其功也。西施之沉，其美也'。喜曰，此吴亡之後，西子亦死於水，不從范蠡之一證。墨子去吴越之世甚近，所書得其真。後檢修文御覽，見引《吴越春秋》逸篇云：'吴亡後，越浮西子於江，令隨鴟夷以終。'蓋吴既滅，即沉西子於江。浮者，沉也，反言之耳。"又《西溪叢語》引《吴越春秋》云："吴亡西子被殺"，按今本無此語，或即逸文。今曲云："從公論，合去妖類。蛾眉宛轉，竟殞鮫綃，香骨委塵泥。"則以爲越人所縊死也。

按王灼《碧鷄漫志》謂："凡大曲有散序、靸、排遍、攧、正攧、入破、虚催、實催、衮遍、歇拍、殺衮，始成一曲，此謂大遍。"此曲自排遍第八起，蓋裁截用之，非大遍也。又考王灼記王平霓裳羽衣曲譜，亦以正攧、入破、虚催、實催、衮、歇拍、殺衮爲次。而史浩采蓮大曲八遍，一延遍、二攧遍、三入破、四衮遍、五實催、六衮、七歇拍、八煞衮。疑延遍即排遍中一遍之名。其全者當以排遍、攧、入破、虚催、衮遍、實催、衮遍、歇拍、煞衮爲次。虚催後之衮遍，張炎《詞源》所謂前衮也。實催後之衮遍，《詞源》所謂中衮也。合煞衮而三，其曲乃終。然則此曲之催拍，即實催也。宋時大曲至排遍始有拍，至入破始羯鼓、襄鼓、大鼓與絲竹合作，拍急聲繁，而舞者入場，姿制俯仰，百態横出。故宋人大曲多截排遍以前不用，而但取其歌舞最盛者用之也。

此曲十遍，句法各不同，當是中有襯字之故。但孰爲襯字，孰爲正文，今亦不易分别，且無别本可以校訂，恐其中或不免有脱誤之字也。至其用韻則平仄通押，入聲派入三聲，且用爲韻脚，較填詞爲更寬矣。惟曲中句逗及用韻處，頗不易分辨，其聲律亦難考證，姑志所疑數處於各曲之末，以待質正。

又考趙以夫《虛齋樂府》有薄媚摘遍一首。王國維曰“比其字句，蓋摘入破第一一遍爲之”是也。今附載於此，以供比勘。

附録　趙以夫薄媚摘遍：

桂香消，梧影瘦，黄菊迷深院。倚西風，看落日，長江東去如練。先生底事，有賦飄然。剛道爲田園。獨醒何爲，持杯自勸。未能免。　休把茱萸吟玩。但管年年健。千古事，幾憑闌，吾生九十强半。歡娱終日，富貴何時，一笑醉鄉寬。倒載歸來，回廊月又滿。(《詞律拾遺》作又月滿)

曾　布　水調歌頭 馮燕傳

排遍第一

魏豪有馮燕，年少客幽并。擊毬鬥鷄爲戲，遊俠久知名。因避仇、來東郡。元戎逼屬中軍。直氣淩貔虎，須臾叱咤風雲。懔懔座中生。　偶乘佳興。輕裘錦帶，東風躍馬，往來尋訪幽勝。遊冶出東城。堤上鶯花掩亂，香車寶馬縱横。草軟平沙穩。高樓兩岸春風，笑語隔簾聲。

排遍第二

袖籠鞭敲鐙。無語獨閒行。緑楊下、人初静。煙淡夕陽明。窈窕佳人，獨立瑶階，擲果潘郎，瞥見紅顔横波盼，不勝嬌軟倚雲屏。　曳紅裳，頻推朱户，半開還掩，似欲倚、咿啞聲裏，細訴深情。因遣林間青鳥，爲言彼此心期，的的深相許，竊香解佩，綢繆相顧不勝情。

排遍第三

説良人滑將張嬰。從來嗜酒、還家鎮長酩酊長醒。屋上鳴鳩空鬥，梁間客燕相驚。誰與花爲主，蘭房從此，朝雲夕雨兩牽縈。　似遊絲狂蕩，隨風無定。奈何歲華荏苒，歡計苦難憑。惟見新恩繾綣，連枝並翼，香閨日日爲郎，誰知松蘿托蔓，一比一豪輕。長醒一作鬧狂醒，苒原作染，誤。

排遍第四

一夕還家醉，開户起相迎。爲郎引裾相庇，低首略潛形。情深無隱。欲郎乘間起佳兵。　授青萍，茫然撫嘆，不忍欺心。爾能負心於彼，於我必無情。熟視花鈿不足，剛腸終不能平。假手迎天意，一揮霜刃，牕間粉頸斷瑶瓊。

排遍第五

鳳皇釵、寶玉凋零。慘然悵，嬌魂怨，飲泣吞聲。還被淩波呼唤，相將金谷同游，想見逢迎處，揶揄羞面，妝臉淚盈盈。　醉眠人、醒來晨起，血凝螓首，但驚喧，白鄰里、駭我卒難明。思敗幽囚推究，覆盆無計哀鳴。丹筆終誣服，圜門驅擁，銜冤垂首欲臨刑。凋零一作飄零。

排遍第六　帶花遍

向紅塵裏，有喧呼攘臂，轉身避衆，莫遣人冤濫、殺張室，忍偷生。僚吏驚呼呵叱，狂辭不變如初，投身屬吏，慷慨吐丹誠。　仿佛縲紲，自疑夢中，聞者皆驚嘆、爲不平。割愛無心，泣對虞姬，手戮傾城寵，翻然起死，不教讎怨負冤聲。

排遍第七　攧花十八

義城元靖賢相國，嘉慕英雄士，錫金繒。聞此事，頻太息，封章歸印。請贖馮燕罪，日邊紫泥封詔，闔境赦深刑。　萬古三河風義在，青簡上，衆知名。河東注，任流水滔滔，水涸名難泯。至今樂府歌詠，流入管絃聲。太息一作嘆賞。

曾布　字子宣，建昌南豐人。嘉祐二年與兄鞏同舉進士。熙寧初除崇政殿説書，元豐初累官户部尚書，哲宗朝擢同知樞密院事。徽宗即位，以定策功拜尚書右僕射。崇寧初出知潤州，連遭貶竄，復提舉嵩山崇福宫。卒贈觀文殿大學士，謚文肅。

本事　唐沈亞之《馮燕傳》曰："馮燕者，魏豪人。父祖無聞名。燕少以意氣任俠，專爲擊毬鬥鷄戲。魏市有争財毆者，燕聞之，往搏殺不平，遂沉匿田間。官捕急，遂亡滑，益與滑軍中少年鷄毬相得。時相國賈公耽在滑，能燕才，留屬軍中。他日出行里中，見户傍婦人翳袖而望者，色甚冶。使人熟其意，遂通之。其夫滑將張嬰者也。嬰聞其故，累驅妻。妻黨皆怨望。會嬰從其類飲。燕伺得間，復偃寢中，拒寢户。嬰還，妻開户納嬰，以裾蔽燕。燕卑躡步就蔽，轉匿户扇後，而巾墮枕下，與佩刀近。嬰醉且瞑。燕指巾令其妻取。妻取刀授燕。燕熟視，斷其妻頸，遂持巾去。明旦，嬰起，見妻殺死，愕然，欲出自白。嬰鄰以爲真嬰殺，留縛之，趨告妻黨，皆來，曰：‘常嫉毆吾女。迺誣以過失，今復賊殺之矣。安得他殺事。即其他殺，而安得獨全邪?’共持嬰，且百餘笞，遂不能言。官家收繫殺人罪，莫有辨者，强伏其辜。司法官與小吏持樸者數十人，將嬰就市。看者圍而千有餘人。有一人排看者來，呼曰：‘且無令不辜死者。吾竊其妻而又殺之，當繫我。’吏執自言人，乃燕也。司法官與俱見賈公，盡以狀對。賈公以狀聞，請歸其印以贖燕死。上義之，下詔凡滑城死罪皆免。”

按水調本唐曲，宋詞調有水調歌頭，乃取此調歌頭一遍用之也。此曲排遍第一、第二、第四皆以五言兩句起，與東坡所作同。其下數句亦約略相似，然其餘遍則悉異。排遍第六曰帶花遍。第七曰攧花十八。《碧鷄漫志》曰：“歐陽永叔云：‘貪看六么花十八。’此曲内一疊名花十八，前後十八拍，又四花拍，共二十二拍。樂家者流所謂花拍，蓋非其正也。曲節抑揚可喜，舞亦隨之。”蓋大曲入破以前，拍稀聲少，故白樂天詩有“曲淡節稀聲不多”之句。排遍將畢，漸加繁聲，故有花拍，猶今之贈板。但張玉田《詞源》謂“大曲、法曲、慢曲當以手拍，纏令則用拍板”，此爲異也。此曲但用排遍七遍，前無散序，後無入破，蓋取其中段用之也。帶花遍或即《詞源》所謂艷拍。艷拍，慢曲用之。玉田所謂慢曲拍有前九後十一，内有四艷拍，則亦花拍之類也。

史浩 采蓮 壽鄉詞

延遍

霞霄上，有壽鄉廣袤無際。東極滄海，縹緲虛無，蓬萊弱水。風生屋浪，鼓楫揚舲，不許凡人得至。甚幽邃。試右望金樞外。西母樓閣，玉闕瑶池。萬頃琉璃。雙成倩巧，方朔詼諧。來往徜徉，霓裳飄颻寶砌。更希奇。范氏天一閣本邃下空一格。舲原作旍，今校改。

攧　遍

南鄰丹幄宫，赤伏顯符記。朱陵耀綺綉，箕翼炯，瑞光騰起。每歲秋分老人見，表皇家、襲慶迎祺。天子當膺，無疆萬歲。北窺玄冥，魁杓擁佳氣。長拱極，終古無移。論南北東西。相直何啻千萬里。信難計。范本丹幄二字互易，耀作曜，迎祺下空一格。

入　破

璇穹層雲上覆，光景如梭逝。惟此過隙緩征轡。垂象森列昭回。碧落卓然躔度，炳曜更騰輝。永永清光暐煒。綿四野，金璧爲地。蕊珠館，瓊玖室，俱高峙。千種奇葩，松椿可比。暗香幽馥，歲歲長春，陽烏何曾西委。

衮　遍

遍此境，人樂康，挾難老術，悟長生理。盡阿僧只劫，赤松王令安期。彭籛盛矣。尚爲嬰稚。鶴算龜齡，絳老休夸甲子。鮐背聳、黄髮垂髫。更童顔，長鼓腹、同遊戲。真是華胥。行有歌，坐有樂，獻笑都是神仙，時見群翁啓齒。

實　催

露華霞液，雲漿椒醑，逘玉斝金罍。交酬成雅會。拚沉醉。中山千日，未爲長久，今此陶陶一飲，動經萬祀。陳果蓏，皆是奇異。似瓜如斗盡備。三千歲。一熟珍味。飣坐中，瑩似玉、爽口流涎，三偷不枉，西真指議。范本萬祀下空一格。

袞　遍

原缺“遍”字，今補。

有珍饌，時時饋。滑甘豐膩。紫芝熒煌，嫩菊秀媚。貯瑪瑙琥珀精器。延年益壽莫儗。人間烹飪徒費。休説龍肝鳳髓。動妙樂、仙音鼎沸。玉簫清，瑶瑟美。龍笛脆。雜遝飛鸞，花裀上、趁拍紅牙，餘韻悠揚，竟海變桑田未止。

歇　拍

其間有洞天侶，思遊塵世。珠葆揺曳。華表真人，清江使者，相從密議。此老遨嬉。我輩應須隨侍。正舉步，忽思同類。十八公、方聳壑，宜邀致。夙駕星言，人争圖繪。朅來鄞山甬水。因此祟成，四明里第。

煞　袞

吾皇喜。光寵無貳。玉帶金魚榮貴。或者疑之。豈識聖明，曾主斯鄉，嘗相與盡繾綣，膠漆何可相離。今日風雲合契。此實天意。吾皇聖壽無極，享晏粲千載相逢，我翁亦昌熾。永作昇平上瑞。

史浩　字直翁，紹興進士，官國子學博，爲王府教授。金人犯邊，詔親征。浩建言太子不宜將兵。孝宗時爲相，卒謚文惠。有《尚書講義》、《鄮峰真隱漫録》、《鄮峰真隱大曲》二卷、《詞曲》二卷。

此曲載大曲卷一，大氏皆頌揚之詞。尚有采蓮舞、太清舞、柘枝舞、花舞、劍舞、漁父舞，有歌詞、勾隊、放隊、樂語。且諸舞曲之間，各具當時歌演之狀，可以見其時聲容之美。考大曲全遍，入破後舞者始入場，今此采蓮舞等六曲，開場即舞，故王觀堂謂即曲破也。今别録采蓮、花、劍、漁父四曲於後。

二、舞曲四種

史 浩 采蓮舞

五人一字對廳立。竹竿子勾，念：

伏以濃陰緩轡，化國之日舒以長；清奏當筵，治世之音安以樂。霞舒絳彩，玉照鉛華。玲瓏環珮之聲，綽約神仙之伍。朝回金闕，宴集瑶池。將陳倚棹之歌，式侑迴風之舞。宜邀勝伴，用合仙音。女伴相將，采蓮入隊。

勾念了，後行吹雙頭蓮令，舞上，分作五方。竹竿子又勾，念：

伏以波涵碧玉，摇萬頃之寒光；風動青蘋，聽數聲之幽韻。芝華雜遝，羽幰飄飖。疑紫府之群英，集綺筵之雅宴。更憑樂部，齊迓来音。

勾念了，後行吹采蓮令，舞轉作一直了，衆唱采蓮令：

練光浮，煙斂澄波渺。燕脂濕、靚妝初了。緑雲傘上露滚滚，的皪真珠小。籠嬌媚、輕盈佇眺。無言不見仙娥，凝望蓬島。　玉闕葱葱，鎮鎖佳麗春難老。銀潢急、星槎飛到。暫離金砌，爲愛此、極目香紅繞。倚蘭棹。清歌縹緲。

隔花初見，楚楚風流年少。

唱了，後行吹采蓮令，舞分作五方。竹竿子勾，念：

伏以遏雲妙響，初容與於波間；回雪奇容，乍婆娑於澤畔。愛芙蓉之艷冶，有蘭芷之芳馨。蹀躞淩波，洛浦未饒於獨步。雍容解珮，漢皋諒得以齊驅。宜到階前，分明祗對。

花心出，念：

但兒等玉京侍席，久陟仙階；雲路馳驂，乍遊塵世。喜聖明之際會，臻夷夏之清寧。聊尋澤國之芳，雅寄丹臺之曲。不慚鄙俚，少頌昇平。未敢自專，伏候處分。

竹竿子問，念：

既有清歌妙舞，何不獻呈？

花心答，問：

舊樂何在？

竹竿子再問，念：

一部儼然。

花心答，念：

再韻前來。

念了，後行吹采蓮曲破，五人衆舞。到入破，先兩人舞出，舞到裀上住，當立處訖。又二人舞，又住，當立處。然後花心舞徹。竹竿子念：

伏以仙裾摇曳，擁雲羅霧縠之奇；紅袖翩翻，極鸞翮鳳翰之妙。再呈獻瑞，一洗凡容。已奏新詞，更留雅詠。

念了，花心念詩：

我本清都侍玉皇，乘雲馭鶴到仙鄉。輕舠一葉烟波闊，嗜此秋潭萬斛香。

念了，後行吹漁家傲。花心舞上，折花了，唱漁家傲：

蕊沼清冷涓滴水。迢迢煙浪三千里。微孕青房包綉綺。薰風裏。幽芳洗盡閒桃李。　羽氅飄蕭塵外侣。相呼短棹輕偎倚。一片清歌天際起。聲尤美。雙雙驚起鴛鴦睡。

唱了，後行吹漁家傲。五人舞，换坐，當花心立人念詩：

我昔瑶池飽宴游，朅來樂國已三秋。水晶宫裏尋幽伴，菡萏香中蕩小舟。

念了，後行吹漁家傲。花心舞上，折花了，唱漁家傲：

翠蓋參差森玉柄。迎風浥露香無定。不著塵沙真體净。蘆花徑。酒侵酥臉霞相映。　棹撥木蘭煙水暝。月華如練秋空静。一曲悠揚沙鷺聽。牽清興。香紅已滿蒹葭艇。

唱了，後行吹漁家傲。五人舞，換坐，當花心立人念詩：

我弄雲和萬古聲，至今江上數峰青。幽泉一曲今憑棹，楚客還應著耳聽。

念了，後行吹漁家傲。花心舞上，折花了，唱漁家傲：

草軟沙平風掠岸。青蓑一釣煙江畔。荷葉爲裀花作幔。知誰伴。醇醪只把鱸魚換。　盤縷銀絲杯自暖。篷窗醉著無人喚。逗得醒來橫脆管。清歌緩。彩鸞飛去紅雲亂。

唱了，後行吹漁家傲。五人舞，換坐，當花心立人念詩：

我是天孫織錦工，龍梭一擲度晴空。蘭橈不逐仙槎去，貪擷芙蕖萬朵紅。

念了，後行吹漁家傲。花心舞上，折花了，唱漁家傲：

太華峰頭冰玉沼。開花十丈干雲杪。風散天香聞四表。知多少。亭亭碧葉何曾老。　試遡霏煙登鳥道。丹崖步步祥光繞。折得一枝歸月嶠。蓬萊島。霞裾侍女争言好。范本遡作問。

唱了，後行吹漁家傲。五人舞，換坐，當花心立人念詩：

我入桃源避世紛，太平才出報君恩。白龜已閱千千歲，却把蓮巢作酒樽。

念了，後行吹漁家傲。花心舞上，折花了，唱漁家傲：

珠露溥溥清玉宇。霞標綽約消煩暑。時馭清風之帝所。尋舊侶。三千仙仗臨煙渚。　舴艋飄颻來復去。漁翁問我居何處。笑把紅蕖呼鶴馭。回頭語。壺中自有朝天路。

唱了，後行吹漁家傲。五人舞，換坐如初。竹竿子勾，念：

伏以珍符涛至，朝廷之道格高深；年穀屢豐，郡邑之和薰遐邇。式均歡宴，用樂清時。感游女於仙衢，詠奇葩於水國。折來和月，露浥霞腮。舞處隨風，香盈翠袖。既徜徉於玉砌，宜宛轉於雕梁。爰有佳賓，冀聞清唱。

念了，衆唱畫堂春：

彤霞出水弄幽姿。娉婷玉面相宜。棹歌先得一枝枝。波上畫鯨飛。　向此畫堂高會。幽馥散、堪引瑶巵。幸然逢此太平時。不醉可無歸。

唱了，後行吹畫堂春。衆舞，舞了又唱河傳：

蕊宫閬苑。聽鈞天帝樂，知他幾遍。争似人間，一曲采蓮新傳。柳腰輕，鶯舌囀。　逍遥煙浪誰羈絆。無奈天階，早已催班轉。却駕彩鸞，笑握芙蓉斜盼。願年年陪此宴。范本無笑握二字。

唱了，後行吹河傳，衆舞。舞了，竹竿子念遣隊：

浣花一曲媚江城，雅合鳧鷖醉太平。楚澤清秋餘白浪，芳枝今已屬飛瓊。歌舞既闌，相將好去。

念了，後行吹雙頭蓮令。五人舞轉作一行，對廳杖鼓出場。

此曲有吹、有唱、有念、有舞。吹者樂調，唱者曲詞，念者勾遣隊詞及詩，舞者有花心舞、五人舞、二人舞、衆舞。又有竹竿子與花心問答之詞，有折花之姿勢。其樂調有雙頭蓮令二疊，一用之最前，一用之最末。采蓮令共二疊，采蓮曲破一疊，漁家傲共十疊，畫堂春一疊，河傳一疊。曲詞同樂調，惟雙頭蓮令無詞。其組織井井可觀，大氐取大曲入破以後稍變化之而成。竹竿子者，勾遣隊人，手執竹竿拂子，以供指揮者。舞者皆扮作仙女，一人爲花心，扮作玉皇女侍；餘四人中一人扮作瑶池仙女，一人扮作吹笙仙女，一人扮作織錦天孫，一人扮作桃源仙女，此五人各念詩一首，表明身分。念詩後，花心唱詞一首。詞語亦合其身分。每舞必有唱，唱一詞畢，則吹此詞之樂調以應之。其舞有分作五方者，有轉作一直者，有轉作一行者，有換坐者。出場時，有杖鼓。蓋太平之時，士大夫歌舞之盛會如此也。

史浩 花舞

兩人對廳立，自勾，念：

伏以騷賦九章，靈草喻如君子；詩人十詠，奇花命以佳人。因其有香，尊之爲客。欲知標格，請觀一字之褒；爰借品題，遂作群英之冠。適當麗景，用集仙姿。玉質輕盈，共慶一時之會；金樽瀲灩，式均四坐之歡。女伴相將，折花入隊。

念了，後行吹折花三臺，舞，取花瓶，又舞上，對客放瓶，念牡丹花詩：

花是牡丹推上首，天家侍宴爲賓友。料應雨露久承恩，貴客之名從此有。

念了，舞，唱蝶戀花。侍女持酒果上，勸客飲酒。

貴客之名從此有。多謝風流，飛馭陪樽酒。持此一卮同勸後。願花長在人長壽。

舞唱了，後行吹三臺，舞轉，换花瓶，又舞上，次對客放瓶，念瑞香花詩：

花是瑞香初擢秀，達人鼻觀通廬阜。遂令聲價滿寰區，嘉客之名從此有。

念了，舞，唱蝶戀花。侍女持酒果上，勸客飲酒。

嘉客之名從此有。多謝風流，飛馭陪樽酒。持此一卮同勸後。願花長在人長壽。

舞唱了，後行吹三臺，舞轉，换花瓶，又舞上，次對客放瓶，念丁香花詩：

花是丁香花未剖，青枝碧葉藏瓊玖。如居翠幄道家妝，素客之名從此有。

念了，舞，唱蝶戀花。侍女持酒果上，勸客飲酒。

素客之名從此有。多謝風流，飛馭陪樽酒。持此一卮同勸後。願花長在人長壽。

舞唱了，後行吹三臺，舞轉，换花瓶，又舞上，次對客放瓶，念春蘭花詩：

花是春蘭栖遠岫，竹風松露爲交舊。仙家劍佩羽霓裳，幽客之名從此有。

念了，舞，唱蝶戀花。侍女持酒果上，勸客飲酒。

幽客之名從此有。多謝風流，飛馭陪樽酒。持此一卮同勸後。願花長在人長壽。

舞唱了，後行吹三臺，舞轉，换花瓶，又舞上，次對客放瓶，念薔薇花詩：

花是薔薇如綺綉，春風滿架暉晴晝。爲多規刺少拘攣，野客之名從此有。

念了，舞，唱蝶戀花。侍女持酒果上，勸客飲酒。

野客之名從此有。多謝風流，飛馭陪樽酒。持此一卮同勸後。願花長在人長壽。

舞唱了，後行吹三臺，舞轉，换花瓶，又舞上，次對客放瓶，念酴醾花詩：

花是酴醾紆翠袖，釀泉曾入真珠溜。更無塵氣到杯盤，雅客之名從此有。

念了，舞，唱蝶戀花。侍女持酒果上，勸客飲酒。

雅客之名從此有。多謝風流，飛馭陪樽酒。持此一巵同勸後。願花長在人長壽。

舞唱了，後行吹三臺，舞轉，換花瓶，又舞上，次對客放瓶，念荷花詩：

花是芙蕖冰玉漱，人間暑氣何曾受。本來泥滓不相關，净客之名從此有。

念了，舞，唱蝶戀花。侍女持酒果上，勸客飲酒。

净客之名從此有。多謝風流，飛馭陪樽酒。持此一巵同勸後。願花長在人長壽。

舞唱了，後行吹三臺，舞轉，換花瓶，又舞上，次對客放瓶，念秋香花詩：

花是秋香偏鬱茂，姮娥月裏親栽就。一枝平地合登瀛，仙客之名從此有。

念了，舞，唱蝶戀花。侍女持酒果上，勸客飲酒。

仙客之名從此有。多謝風流，飛馭陪樽酒。持此一巵同勸後。願花長在人長壽。

舞唱了，後行吹三臺，舞轉，換花瓶，又舞上，次對客放瓶，念菊花詩：

花是菊英真耐久，長年只有臨風嗅。東籬況乃見南山，壽客之名從此有。有原作看，從范本；范本乃作是。

念了，舞，唱蝶戀花。侍女持酒果上，勸客飲酒。

壽客之名從此有。多謝風流，飛馭陪樽酒。持此一卮相勸後。願花長在人長壽。

舞唱了，後行吹三臺，舞轉，換花瓶，又舞上，次對客放瓶，念梅花詩：

花是寒梅先節候，調羹須待青如豆。爲於雪底倍精神，清客之名從此有。

念了，舞，唱蝶戀花。侍女持酒果上，勸客飲酒。

清客之名從此有。多謝風流，飛馭陪樽酒。持此一卮同勸後。願花長在人長壽。

舞唱了，後行吹三臺，舞轉，換花瓶，又舞上，次對客放瓶，念芍藥花詩：

芍藥來陪群客後，矜其末至當居右。奇姿獨許侍花王，近客之名從此有。

念了，舞，唱蝶戀花。侍女持酒果上，勸客飲酒。

近客之名從此有。多謝風流，飛馭陪樽酒。持此一卮同勸後。願花長在人長壽。

舞唱了，後行吹三臺，舞轉，换花瓶，又舞上花裀，背花對坐，唱折花三臺：

算仙家，真巧妙，能使衆芳長綉組。羽軿芝葆，曾到世間，誰共凡花爲伍。　桃李漫夸艷陽，百卉又無香可取。歲歲年年長是春，何用芳菲分四序。范本巧妙作巧數。

又唱：

對芳辰，成良聚，珠服龍妝環宴俎。我御清風，來此縱觀，還須折枝歸去。　歸去蕊珠繞頭，一一是東君爲主。隱隱青冥怯路遥，且向臺中尋伴侣。

唱了，起舞，後行吹折花三臺，一遍，舞訖，相對坐，取盆中花插頭上，又唱：

嘆塵寰，烏兔走，花謝花開能幾許。十分春色，一半遣愁，那堪飄零風雨。　争似此花自然，悄不待、根生下土。花既無凋春又長，好帶花枝傾壽醑。

又唱：

是非場，名利海，得喪炎涼徒自苦。至樂陶陶，惟有醉鄉，誰向此間知趣。　花下一杯一杯，且莫把、光陰虚度。八極神遊長壽仙，蜾蠃螟蠕休更覷。

唱了，侍女持酒果置裀上，舞，相對自飲，飲訖，起舞三臺，一遍，自念遣隊：

伏以仙家日月，物外烟霞。能令四季之奇葩，會作一筵之重客。莫不香浮綺席，影覆瑶階。森然群玉之林，宛在列真之府。相逢今日，不醉何時。敢持萬斛之流霞，用介千春之眉壽。歡騰絲竹，喜溢湖山。觀者雖多，嘆未曾有。更願九重萬壽，四海一家。屢臻年穀之豐登，永錫田廬之快樂。於時花驄嘶晚，絳蠟迎宵。飲散瑶池，春在烏紗帽上；醉歸蕊館，香分白玉釵頭。式因天上之芳容，流作人間之佳話。尚期再集，益侈遐齡。歌舞既終，相將好去。

念了，後行吹三臺出隊。

史浩　劍舞

二舞者對廳立裀上。竹竿子勾，念：

伏以玳席歡濃，金樽興逸。聽歌聲之融曳，思舞態之飄颻。爰有仙童，能開寶匣。佩干將莫邪之利器，擅龍泉秋水之嘉名。鼓三尺之瑩瑩，雲間閃電；横七星之䮦䮦，掌上生風。宜到芳筵，同翻雅戲。

二舞者自念：

伏以五行擢秀，百煉呈功。炭熾紅爐，光噴星日；硎新雪刃，氣貫虹霓。斗牛間，紫霧浮游；波濤裏，蒼龍締合。久因佩服，粗習迴翔。兹聞閬苑之群仙，來會瑶池之重客。輒持薄技，上侑清歡。未敢自專，伏候處分。

竹竿子問：

既有清歌妙舞，何不獻呈？

二舞者答：

舊樂何在？

竹竿子再問：

一部儼然。

二舞者答：

再韻前來。

樂部唱劍器曲破，作舞一段了。二舞者同唱霜天曉角：

熒熒巨闕。左右凝霜雪。且向玉階掀舞，終當有，用時節。　唱徹。人盡説。寶此剛不折。内使奸雄落膽，外須遣、豺狼滅。范本剛不作制無。

樂部唱曲子，作舞劍器曲破一段。舞罷，二人分立兩邊。别兩人漢裝者出，對坐，桌上設酒果。竹竿子念：

伏以斷蛇大澤，逐鹿中原。佩赤帝之真符，接蒼姬之正統。皇威既振，天命有歸。量勢雖盛於重瞳，度德難勝於隆準。鴻門設會，亞父輸謀。徒矜起舞之雄姿，厥有解紛之壯士。想當時之賈勇，激烈飛揚；宜後世之倣顰，迴旋宛轉。雙鸞奏伎，四坐騰歡。范本無量度二字。

樂部唱曲子，舞劍器曲破一段。一人左立者上裀舞，有欲刺右漢裝者之勢。又一人舞進前翼蔽之。舞罷，兩舞者並退，漢裝者亦退。

有兩人唐裝出，對坐。桌上設筆、硯、紙，舞者一人换婦人裝立裀上。竹竿子勾，念：

伏以雲鬟聳蒼壁，霧縠罩香肌。袖翻紫電以連軒，手握青蛇而的皪。花影下、游龍自躍；錦裀上、蹌鳳來儀。軼態横生，瑰姿譎起。傾此入神之技，誠爲駭目之觀。巴女心驚，燕姬色沮。豈惟張長使草書大進，抑亦杜工部麗句新成。稱妙一時，流芳萬古。宜呈雅態，以洽濃歡。

樂部唱曲子，舞劍器曲破一段，作龍蛇蜿蜒曼舞之勢。兩人唐裝者起。二舞者，一男一女對舞，結劍器曲破徹。竹竿子念：

項伯有功扶帝業，大娘馳譽滿文場。合茲二妙甚奇特，堪使佳賓釂一觴。霍如羿射九日落，矯如群帝驂龍翔。來如雷霆收震怒，罷如江海凝清光。歌舞既終，相將好去。

念了，二舞者出隊。

史　浩　漁父舞

四人分作兩行迎上，對筵立。漁父自勾，念：

鄮城中有蓬萊島，不是神仙那得到。萬頃澄波舞鏡鸞，千尋疊嶂環旌纛。光天圓玉夜長清，襯地濕紅朝不掃。賓主相逢欲盡歡，昇平一曲漁家傚。

勾念了，二人念詩：

渺渺平湖浮碧滿，奇峰四合波光暖。綠蓑青笠鎮相隨，細雨斜風都不管。

念了，齊唱漁家傲，舞，戴笠子。

細雨斜風都不管。柔藍軟緑煙堤畔。鷗鷺忘機爲主伴。無覊絆。等閒莫許金章换。

唱了，後行吹漁家傲，舞，舞了，念詩：

喜見同陰垂帀地，瓊珠簌簌隨風絮。輕絲圓影兩相宜，好景儂家披得去。

念了，齊唱漁家傲，舞，披蓑衣。

好景儂家披得去。前村雪屋雲深處。一棹清歌歸晚浦。真佳趣。知誰畫得歸縑素。

唱了，後行吹漁家傲，舞，舞了，念詩：

波面初驚秋葉委，風來又覺船頭起。滔滔平地盡知津，濟涉還渠漁父子。

念了，齊唱漁家傲，舞，取楫鼓動。

濟涉還渠漁父子。生涯只在烟波裏。練静忽然風又起。贏得底。吹來别浦看桃李。

唱了，後行吹漁家傲，舞，舞了，念詩：

碧玉粼粼平似掌，山頭正吐冰輪上。水天一色印寒光，萬斛黄金迷俯仰。

念了，齊唱漁家傲，將楫作摇櫓勢。

萬斛黄金迷俯仰。輕舠不礙飛雙槳。光透碧霄千萬丈。真堪賞。恰如鏡里人來往。

唱了，後行吹漁家傲，舞，舞了，念詩：

手把絲綸浮短艇，碧潭清泚風初静。未垂芳餌向滄浪，已見白魚翻翠荇。

念了，齊唱漁家傲，取釣竿作釣魚勢。

已見白魚翻翠荇。任公一擲波千頃。不是六鰲休便領。清晝永。悠揚要在神仙境。

唱了，後行吹漁家傲，舞，舞了，念詩：

新月半鈎堪作釣，釣竿直欲干雲表。魚蝦細碎不勝多，一引修鱗吾事了。

念了，齊唱漁家傲，釣，出魚。

一引修鱗吾事了。棹船歸去歌聲杳。門俯清灣山更好。眠到曉。嗚榔艇子方云擾。

唱了，後行吹漁家傲，舞，舞了，念詩：

提取赬鱗歸竹塢，兒孫迎笑交相語。西風滿袖有餘清，試倩霜刀供玉縷。供，范本作登，後同。

念了，齊唱漁家傲，取魚在杖頭，各放魚，指酒樽。

試倩霜刀供玉縷。銀鱗不忍供盤俎。擲向清波方圉圉。休更取。小槽且聽真珠雨。

唱了，後行吹漁家傲，舞，舞了，念詩：

明月滿船惟載酒，漁家樂事時時有。醉鄉日月與天長，莫惜清樽長在手。

念了，齊唱漁家傲，取酒樽斟酒對飲。

莫惜清樽長在手。聖朝化洽民康阜。説與漁家知得否。齊稽首。太平天子無疆壽。

起，面外稽首祝聖。

唱了，後行吹漁家傲，舞，舞了，漁父自念遣隊：

湖山佳氣靄紛紛，占得風光日滿門。賓主相陪歡意足，却横煙笛過前村。　歌舞既終，相將好去。

念了，後行吹漁家傲。舞者兩行引退，出散。

《鄮峰真隱大曲》舞曲六，曰采蓮，曰太清，曰柘枝，曰花，曰劍，曰漁父，今録其四。此三曲與采蓮是也。花舞、漁父舞，不用竹竿子，皆舞者自勾自遣。劍舞以小兒隊爲舞者，一曲中演二事。一爲項莊刺沛公，一爲公孫大娘舞劍器。故前有漢裝者，後有唐裝婦人裝者。其動作姿勢記述頗詳，即後世科介之濫觴矣。花舞、漁父舞終，皆有祝壽之詞。漁父舞且載明面外稽首祝聖，蓋演於公府之儀式當如是也。花舞、漁父舞，舞者念詩唱曲特多。其曲之起句即詩之末句，頗類轉踏。疑轉踏即舞曲之類，而較簡略者。轉踏當亦有記載舞容之詞，諸家或删去耳。此風至元猶然。元人王義山《稼村樂府》一卷末附載樂語，大致相同，特致語特長耳。宋人集中多載樂語一種，大氐不出祝聖頌德之詞，皆宋志所謂春秋聖節三大宴所用者也。今不備録，録此四曲以見一斑而已。

三、曲破一種

無名氏　惜奴嬌 曲破　《高麗史》卷七十一樂志二

春早皇都，冰泮宮沼，東風布輕暖。梅粉飄香，柳帶弄色，瑞靄祥煙凝淺。正值元宵，行樂同民總無間。肆情懷，何惜相邀，是處裏容款。

無弄仗，委東君，遍有風光，占五陵閒散。從把千金，五夜繼賞。並徹春宵遊玩。借問花燈，金瑣瓊瑰果曾罕。洞天裏，一掠蓬瀛，第恐今宵短。

夸帝里。萬靈咸集，永衛紫陌青樓，富臻既庶矣。四海昇平，文武功勛蓋世。賴聖主興賢佐，恁致理。　氣緒凝和，會景新，訪雅致。列群公，錫宴在邇。上元循典，勝古高超榮異。望絳霄，龍香飄飄旖旎。

景雲披靡，露浥輕寒若水。盡是遊人才美。陌塵潤，寶沈遞。笑指揚鞭，多少高門勝會。況是。只有今夕，誓無寐。

盛日凝理，羽巢可窺，閬苑金關啓扉。燼連宵，寧防避。暗塵隨馬，明月逐人無際。調戲。相歌秾李。未闌已。

騁輪縱勒，翠羽花鈿比織。並雅同陪，共越九衢，遍盡遨逸。料峭雲容，香惹風縈懷袂。遍寓目，幾處瑶席綉帟。

莫如勝槩，景壓天街際。彩鰲舉，百仞聳倚。鳳舞龍驤，滿目紅光寶翠。動霽色，餘霞映，散成綺。　　漸灼蘭膏，覆滿青煙罩地。簇宮花擱蕩紛委。萬姓瞻仰，苒苒雲龍香細。共稽首同樂，與衆方紀。

樓起霄宮裏。五福中天紛降瑞。絃管齊諧，清宛振逸天外。萬舞低迴紛繞，羅紈摇曳。頃刻轉輪歸去，念感激天意。　幸列熙臺，洞天遥遥望聖梓。五夕華胥，魚鑰並開十二。聖景難逢無比。人間動且經歲。婉娩躊躇，再拜五雲迤邐。

此曲下注曲破二字，乃截大曲入破以下用之也。其曲中字句似有訛誤，無從考訂，姑仍之以俟考。曲凡八遍，雙疊者三遍，而第一與第二、第四與第五，疑皆前後兩段分寫者，其字句長短多同也。晁无咎、史達祖等詞集，皆有此調，與此不同，未可據以相證也。洪邁《夷堅乙志》卷十三，記巫山神女賦惜奴嬌大曲，凡九曲而無排遍、入破等名。首曰其一，次曰瑶臺景第二，蓬萊景第三，勸人第四，王母宫食蟠桃第五，玉清宫第六，扶桑宫第七，太清宫第八，歸第九。王觀堂謂不知大曲者擬作，恐非，蓋此曲亦無曲遍名也。但所賦皆神仙家言，荒誕不經，今不録。

四、法曲一種

曹勛 法曲道情

散序

飛金走玉常奔馳。日上還西。自古待著長繩繫。算塵心、謾勞役堪悲。盤古到此際。桑田變海，海復成陸高低。噫嘻。下土是凡質容儀。壽考能消，幾日支持。念一世。真若朝榮暮落難期。幸有志、曰傳得神仙希夷。希夷。堪爲千古人師。

歌頭

柱史乘車，青牛駕軛，紫雲覆頂，函關令已前知。西昇稍駐，尹喜虔恭誓。求老子。親談道德微旨。五千餘言，俱救末俗，度脱令咸歸生理。體元機。人間方解道術，兼明治身，與國階梯。更有黄庭，專分二境，内外皆舉璇題。羽客見者，傾誠懇誦合彝儀。萬神潛禮。密奉二經，炷香静默，心無競，靡端倪。得失掃去，意海澄流要體。内景防愆失，外景忘疲。閬風蓬島豈能移。念誦靈辭。指群迷。

遍第一

麗景早春時。正花漏初遲。東君出震，太和應物，恍惚中立丹基。天風卦成隨象，記合成□□□□□□□□必相契。三千六百火候，密運精微。蒸入肌膚，嫩紅潮頰，自然舊容生輝。情志。鄙凡塵，瑶圃滿眼，都看桃李。晴雲萬疊開異色。靈光湛湛增秀逸。與道合。真境丹房，隨時沐浴，亦向朝夕。

遍第二

向虛靖晨起。朝元意達，沖漠怡怡。三天澄映，九光霽碧，如有鶴舞鸞飛。泛空際。瑶室明輝。動與真期。至理常寂，户庭無遠，欣欣端比。侍宴日，在瑶池。師友多閒，抱琴沽酒度曲，笑採華芝。九節倚筇時。何須釣月眠石，尋覓占淵静逸。樂修持。淡然靈府泳真諦。恰養丹光裏。春已收功，自育火棗交梨。

遍第三

珠星璧月，晝景夜色相催。正陽炎序火府，龍珠蘊，照冰海融澌。洞天春常好，日日琪花，瓊蕊芳菲。絳景無别，惟似琉璃。平地環繞清泚。火中生蓮，會成真物，更取海底龜兒。勝熱滌暑風，全形瑩若冰肌。常存道意。鑠石流金無畏。共協混元一氣。入沖極。覺自己。乾體還歸。

第　四　攧

南薰殿閣，卷牕户新翠。池沼十頃净，俯橋影横霓。龜魚自樂，潺潺螭口，流水照碧，芰荷緑滿長堤。柳煙水色，一派漣漪。松竹陰中，細風緩引涼吹。琴韻響，玉德鳳軫，聲轉瑶徽。疏襟曳履。或行或憑几。待飲徹、玉鼎雲英，怎更有炎曦。

入破第一

秋容應節，漸肅景入牕扉。碧洞連翠微。商律回岩桂。金精壯盛時。擁蟾輪、生素輝。啓口天爲侶，是列仙行綴。心均太上，欲度世緣無虧。用定力堅持。奉真常，惟凝寂。忱誠貫斗極。賜長生，仍久視。洞達虚皇位。德壽高與天齊。

入破第二

清晝静居香冷，風動萬年枝。涼應兑卦體。秋色鳴輕颸。冥心運正一，御鐵牛、耕寸地。都種金錢花，秀色照戊己。新霜萬物凋謝，我常無爲。沖起浩然氣。抱沖和，人間世。登高共賞宴，泛東籬。菊盡醉。誰會。登高意表，迥出凡塵外。

入破第三

光鋪曉曦。雲影拂霜低。空闊飛鴻過，兩三行、向天際。晴景乍昇，晃疏櫺，蜂翅迷。密障紅爐暖，香縷飄煙細。超然坐久，幽徑試尋寒梅。酥點竹間稀。正疏菩，吐南枝。微陽動細蕊。任斜日、沉淡暉。慘慘寒威。晚知皓雪欲垂垂。

入破第四

黄鐘正嚴凜，飛舞屑瓊瑰。清賞豐年瑞。雲液喜傳杯。陰爻會見復，動一陽、生活氣。誰問添宮綫，煉功在金液。晴檐試暖，表裏瑩如無疵。庭柳漏春信，更萱色、侵苔砌。優遊歲月向晚，嘆人間時序疾。還捧椒觴，羽衣禮無極。

第五煞

多景推移。便似風燈裏。將塵寰喻，塵裏白駒過隙。今世過却，來生何處覓。失時節。生死到來嗟何及。勤而行之。競力待與、鐘呂相期。三千行滿。連環脱下已。駕青鸞素鶴朝太微。

曹勛　字功顯，陽翟人。勛以父組恩補承信郎，賜進士甲科，累官太尉，開府儀同三司。卒贈少保。勛從徽宗北遷，復持御史書歸，隨高宗崎嶇兵間。有《松隱樂府》三卷，補遺一卷。

此曲乃應製之作，名法曲者，以其隸於法曲部。《宋史·樂志》有法曲部，其曲二：一曰道調宮瀛，二曰小石調獻仙音。周密《武林舊事》所載官本雜劇段數，亦有法曲四本：一曰棋盤法曲，二曰孤和法曲，三曰藏瓶法曲，四曰車兒法曲。張炎《詞源》曰："大曲片數與法曲相上下。"今觀此曲，首曰散序，次曰歌頭，歌頭當即沈括所謂引歌。其遍第一、第二、第三，即排遍。入破以後，不分袞遍、催拍，而但曰第一、第二、第三、第四，當是省略其名，實無異也。其詞皆道家言。徽宗自稱道君，其時君臣以清虚無爲、神仙久視相尚，而外患日深，非其所亟，致召播遷之禍，亦可嘆也。其中字句，恐有訛誤，然無别本可校，姑仍之。十一曲結構有次第，遍四曲寫春夏，入破四曲説秋冬，散序以嘆世起，歌頭贊道術，明授受源流，末遍煞又以讚嘆作收。今存古曲，惟此曲首尾完足。蓋古大曲約分三部，排遍以前爲前部，排遍至攧爲中部，入破以後爲後部。他曲或用中部，或用後部，多遺其前部者，獨此曲完整，故録之以爲式。

五、鼓子詞五種

歐陽修　采桑子 中吕宫

昔者王子猷之愛竹，造門不問於主人；陶淵明之卧輿，遇酒便留於道上。況西湖之勝概，擅東潁之佳名。雖美景良辰，固多於高會；而清風明月，幸屬於閒人。並游或結於良朋，乘興有時而獨往。鳴蛙暫聽，安問屬官而屬私；曲水臨流，自可一觴而一詠。至歡然而會意，亦傍若於無人。乃知偶來常勝於特來，前言可信；所有雖非於己有，其得已多。因翻舊闋之詞，寫以新聲之調。敢陳薄伎，聊佐清歡。

輕舟短棹西湖好，緑水逶迤。芳草長堤。隱隱笙歌處處隨。　無風水面琉璃滑，不覺船移。微動漣漪。驚起沙禽掠岸飛。

春深雨過西湖好，百卉争妍。蝶亂蜂喧。晴日催花暖欲然。　蘭橈畫舸悠悠去，疑是神仙。返照波間。水闊風高揚管絃。

畫船載酒西湖好，急管繁絃。玉盞催殘。穩泛平波任醉眠。　行雲却在行舟下，空水澄鮮。俯仰流連。疑是湖中别有天。汲古閣本催殘作催傳，《歷代詩餘》作停傳。

群芳過後西湖好，狼藉殘紅。飛絮濛濛。垂柳闌干盡日風。　笙歌散盡遊人去，始覺春空。垂下簾櫳。雙燕歸來細雨中。

何人解賞西湖好，佳景無時。飛蓋相追。貪向花間醉玉卮。　誰知閑憑闌干處，芳草斜暉。水遠煙微。一點滄洲白鷺飛。

清明上巳西湖好，滿目繁華。争道誰家。緑柳朱輪走鈿車。　遊人日暮相將去，醒醉喧嘩。路轉隄斜。直到城頭總是花。

荷花開後西湖好，載酒來時。不用旌旗。前後紅幢緑蓋隨。　畫船撐入花深處，香泛金卮。烟雨微微。一片笙歌醉裏歸。

天容水色西湖好，雲物俱鮮。鷗鷺閒眠。應慣尋常聽管絃。　風清月白偏宜夜，一片瓊田。誰羨驂鸞。人在舟中便是仙。

殘霞夕照西湖好，花塢蘋汀。十頃波平。野岸無人舟自横。　西湖月上浮雲散，軒檻涼生。蓮芰香清。水面風來酒面醒。

平生爲愛西湖好，來擁朱輪。富貴浮雲。俯仰流年二十春。　歸來恰似遼東鶴，城郭人民。觸目皆新。誰識當年舊主人。

畫樓鐘動君休唱，往事無踪。聚散匆匆。今日歡娱幾客同。　去年緑鬢今年白，不覺衰容。明月清風。把酒何人憶謝公。樓原作船，據汲古閣本改。

歐陽修　字永叔，廬陵人。少孤，母鄭氏畫荻教之學，天聖八年舉進士甲科。仁宗時爲諫官，論事切直，出知滁州，還爲翰林學士，拜參知政事，年六十即乞謝事。自五代以來文體卑靡，修以古文振之，天下向風，終老潁之西湖。自號六一居士，謂集古一千卷，藏書一萬卷，琴一張，棋一局，酒一壺，鶴一隻也。卒贈兗國公，謚曰文忠。

此十一首詠西湖景物，當是公歸老西湖之作。《樂府雅詞》並載小序，體類致語，亦鼓子詞也。今並入附録，以見此體之用，初本賦物景，後漸以之詠故事也。

周密《武林舊事》七，“淳熙十一年六月初一日，車駕過宫。太上邀官裏便背兒至冷泉堂後苑，小厮三十人打息氣，唱道情。太上云，此是張掄所撰鼓子詞”。按據此，知此體兩宋通行，且以供奉。掄所撰甚多，今刻於《彊村叢書》者，有《蓮社詞》一卷，其中有點絳唇詠春十首，阮郎歸詠夏十首，醉落魄詠秋十首，西江月詠冬十首，踏莎行山居十首，朝中措漁父十首，菩薩蠻詠酒十首，訴衷情詠閒十首，減字木蘭花修養十首，蝶戀花神仙十首。大氐皆道家言，不知當時後苑所唱者爲何調也。詞多殘闕，不録。

歐陽修　漁家傲 十二月鼓子詞

正月斗杓初轉勢。金刀翦彩功夫異。稱慶高堂歡幼稚。看柳意。偏從東面春風至。　十四新蟾圓尚未。樓前乍看紅燈試。冰散緑池泉細細。魚欲戲。園林已是花天氣。

二月春耕昌杏密。百花次第争先出。惟有海棠梨第一。深淺拂。天生紅粉真無匹。　畫棟歸來巢未失。雙雙款語憐飛乙。留客醉花迎曉日。金盞溢。却憂風雨飄零疾。《歷代詩餘》昌杏作菖杏。

三月清明天婉娩。晴川祓禊歸來晚。況是踏青來處遠。猶不倦。秋千别閉深庭院。　更值牡丹開欲遍。酴醾壓架清香散。花底一尊誰解勸。增眷戀。東風向晚無情絆。

四月園林春去後。深深密幄陰初茂。折得花枝猶在手。香滿袖。葉間梅子青如豆。　風雨時時添氣候。成行新筍霜

�厚。題就送春詩幾首。聊對酒。櫻桃色照銀盤溜。

五月榴花妖艷烘。緑楊帶雨垂垂重。五色新絲纏角粽。金盤送。生綃畫扇盤雙鳳。　正是浴蘭時節動。菖蒲酒美清尊共。葉裏黄鸝時一哢。猶瞢鬆。等閒驚破紗窗夢。《歷代詩餘》盤作蟠，鬆作忪。

六月炎天時霎雨。行雲涌出奇峰露。沼上嫩蓮腰束素。風兼露。梁王宫闕無煩暑。　畏日亭亭殘蕙炷。傍簾乳燕雙飛去。碧碗敲冰傾玉處。朝與暮。故人風快涼輕度。

七月新秋風露早。渚蓮尚折庭梧老。是處瓜華時節好。金尊倒。人間彩縷争新巧。　萬葉敲聲涼乍到。百蟲啼晚煙如掃。箭漏初長天杳杳。人語悄。那堪夜雨催清曉。《歷代詩餘》尚折作尚拆，新巧作祈巧。

八月秋高風歷亂。衰蘭敗芷紅蓮岸。皓月十分光正滿。清光畔。年年常願瓊筵看。　社近愁看歸去燕。江天空闊雲容漫。宋玉當時情不淺。成幽怨。鄉關千里危腸斷。

九月霜秋秋已盡。烘林敗葉紅相映。惟有東籬黄菊盛。遺金粉。人家簾幕重陽近。　曉日陰陰晴未定。授衣時節輕寒嫩。新雁一聲風又勁。雲欲凝。雁來應有吾鄉信。

十月小春梅蕊綻。紅樓畫閣新妝遍。鴛帳美人貪睡暖。梳洗懶。玉壺一夜輕澌滿。　樓上四垂簾不卷。天寒山色偏宜遠。風急雁行吹字斷。紅日晚。江天雪意雲撩亂。《樂府雅詞》梳洗懶作羞起晚，《歷代詩餘》同。又，《樂府雅詞》、《歷代詩餘》輕澌並作冰澌，《詩餘》日晚作日短。

十一月新陽排壽宴。黄鐘應管添宫綫。獵獵寒威雲不卷。風頭轉。時看雪霰吹人面。　南至迎長知漏箭。書雲紀候冰生硯。臘近探春春尚遠。閒庭院。梅花落盡千千片。《歷代詩餘》十一月作子月。

十二月嚴凝天地閉。莫嫌臺榭無花卉。惟有酒能欺雪意。增豪氣。直教耳熱笙歌沸。　隴上雕鞍惟數騎。獵圍半合新霜裏。霜重鼓聲寒不起。千人指。馬前一雁寒空墜。《歷代詩餘》十二月作臘月。

汲古閣《六一詞》後有跋曰："荆公嘗對客誦永叔小闋云：'五彩新絲纏角粽。金盤送。生綃畫扇盤雙鳳。'曰：'三十年前見其全篇，今才記三句。'乃永叔在李太尉端願席上所作十二月鼓子詞。"楊繪輯《時賢本事》曲子集又別有十二篇，云："本集未載，未知果公作否?"按歐公詞嫁名者甚多，此十二曲高情勝概，非公莫屬。今但録本集此曲於上。

洪　適　生查子 盤洲曲

帶郭得盤洲，勝處雙溪水。月榭閒風亭，疊嶂横空翠。團欒情話時，三徑參差是。聽我一年詞，對景休辭醉。

正月到盤洲，解凍東風至。便有浴鷗飛，時見潛鱗起。高柳送青來，春在長林裏。緑萼一枝梅，端是花中瑞。

二月到盤洲，繁纈盈千萼。恰恰早鶯啼，一羽黄金落。花邊自在行，臨水還尋壑。步步肯相隨，獨有蒼梧鶴。

三月到盤洲，九曲清波聚。修竹蔭流觴，秀葉題佳句。紅紫漸闌珊，戀戀鶯花主。芍藥擁芳蹊，未放春歸去。

四月到盤洲，長是梅黄雨。屐齒滿莓苔，避濕開新路。極望緑陰成，不見鳥飛處。雲采列奇峰，絶勝看廬阜。

五月到盤洲，照眼紅巾蹙。勾引石榴裙，一唱仙翁曲。藕步進新船，斗楫飛雲速。此際獨醒難，一一金鐘覆。

六月到盤洲，水閣盟鷗鷺。面面納清風，不受人間暑。彩舫下垂楊，深入荷花去。淺笑擘蓮蓬，去却中心苦。

七月到盤洲，枕簟新涼早。岸曲側黄葵，沙際排紅蓼。團團歌扇疏，整整爐煙裊。環坐待横參，要乞蛛絲巧。

八月到盤洲，柳外寒蟬懶。一掬木犀花，泛泛玻璃殘。蟾桂十分明，遠近秋毫見。舉酒勸嫦娥，長使清光滿。

九月到盤洲，華髪驚霜葉。緩步繞東籬，香蕊金重疊。橘緑又橙黄，四老相迎接。好處不宜休，莫放清尊歇。

十月到盤洲，小小陽春節。晚菊自争妍，誰管人心别。木末簇芙蓉，禁得霜如雪。心賞四時同，不與痴人説。

子月到盤洲，日影長添綫。水退露溪痕，風急寒蘆戰。終日倚枯藤，細看浮雲變。洲畔有圓沙，招盡雲邊雁。

臘月到盤洲，寒重層冰結。試去探梅花，休把南枝折。頃刻暗同雲，不覺紅爐熱。隱隱緑蓑翁，獨釣寒江雪。

一歲會盤洲，月月生查子。弟勸復兄酬，舉案燈花喜。曲終人半酣，添酒留羅綺。車馬不須喧，且聽三更未。

洪適　字景伯，鄱陽人，皓之長子。紹興十二年與弟遵同舉博學宏詞科，歷官司農少卿，權直學士院，進尚書右僕射，同中書門下平章事，兼樞密使，加觀文殿大學士，乞休歸。家居十六年，以著述吟詠自娱。卒謚文惠，有《盤洲樂章》二卷。

此曲雖未明言是鼓子詞，其體制實與歐陽修所作同。但省去曲前致語耳。

趙令畤　商調蝶戀花 會真記

夫傳奇者，唐元微之所述也。以不載於本集而出於小説，或疑其非是。今觀其詞，自非大手筆孰能與於此。至今士大夫極談幽玄，訪奇述異，無不舉此以爲美話。至於倡優女子，皆能調説大略。惜乎不被之以音律，故不能播之聲樂，形之管絃。好事君子，極飲肆歡之際，願欲一聽其説，或舉其末而忘其本，或紀其略而不及終其篇，此吾曹之所共恨者也。今於暇日，詳觀其文，略其煩褻，分之爲十章；每章之下，屬之以詞，或全摭其文，或止取其意。又别爲一曲，載之傳前，先叙前篇之義。調曰商調，曲名蝶戀花。句句言情，篇篇見意。奉勞歌伴，先定格調，後聽蕪詞。香雪居古本《西厢記》先定作先聽。

麗質仙娥生月殿。謫向人間，未免凡情亂。宋玉墻東流美盼。亂花深處曾相見。　密意濃歡方有便。不奈浮名，旋遣輕分散。最恨多才情太淺。等閒不念離人怨。香雪居最恨作最是。

傳曰："余所善張君，性温茂，美丰儀，寓於蒲之普救寺。適有崔氏孀婦，將歸長安，路出於蒲，亦止兹寺。崔氏婦，鄭女也。張出於鄭，緒其親，乃異派之從母。是歲，丁文雅不善於軍，軍人因喪而擾，大掠蒲人。崔氏之家，財産甚厚，多奴僕，旅寓惶駭，不知所措。海虞本作托。先是，張與蒲將之黨有善，請吏護之，遂不及於難。鄭厚張之德甚，因飾饌以命張，中堂讌之。復謂張曰：'姨之孤嫠未亡，提携幼稚，不幸屬師徒大潰，實不保其身，弱子幼女，猶君之所生也，豈可比常恩哉。今俾以仁兄之禮奉見，兼所以報恩也。'乃命其子，曰歡郎，可十餘歲，容甚温美。次命女，曰鶯鶯：'出拜爾兄。爾兄活爾。'久之，辭疾。鄭怒曰：'張兄保爾之命，不然，爾且虜矣，能復遠嫌乎？'又久之，乃至。常服睟容，不加新飾，垂鬟淺黛，雙臉斷紅而已。顔色艷異，光輝動人。張驚爲之禮。因坐鄭傍，凝睇怨絶，若不勝其體。張問其年幾。鄭曰：'十七歲矣。'張生稍以詞導之，不對。終席而罷。"奉勞歌伴，再和前聲。

錦額重簾深幾許。綉履彎彎，未省離朱户。强出嬌羞都不語。絳綃頻掩酥胸素。　黛淺愁紅妝淡佇。怨絶情凝，不肯聊回顧。媚臉未勻新淚汙。梅英猶帶春朝露。香雪居本未省離作未著難，誤；愁紅作愁生；春朝原作春潮，誤，據香雪居本改。

“張生自是惑之，願致其情，無由得也。崔之婢曰紅娘，生私爲之禮者數四，乘間遂道其衷。翌日復至，曰：‘郎之言所不敢言，亦不敢泄。然而崔之族姻，君所詳也，何不因其媒而求娶焉。’張曰：‘予始自孩提時，性不苟合。昨日一席間，幾不自持。數日來，行忘止，食忘飯，恐不能踰旦暮。若因媒氏而娶，納采問名，則三數月間索我於枯魚之肆矣。’婢曰：‘崔之貞順自保，雖所尊，不可以非語犯之。然而善屬文，往往沉吟章句，怨慕者久之。君試爲諭情詩以亂之，不然，無由得也。’張大喜，立綴春詞二首以授之。”奉勞歌伴，再和前聲。

懊惱嬌痴情未慣。不道看看，役得人腸斷。萬語千言都不管。蘭房跬步如天遠。　廢寢忘餐思想遍。賴有青鸞，不必憑魚雁。密寫香箋論繾綣。春詞一紙芳心亂。香雪居本嬌痴作嬌娘，不必作不比。

“是夕紅娘復至，持彩箋以授張。曰：‘崔所命也。’題其篇云‘明月三五夜’。其詞曰：‘待月西厢下，迎風户半開。拂墻花影動，疑是玉人來。’”奉勞歌伴，再和前聲。

庭院黄昏春雨霽。一縷深心，百種成牽繫。青翼驀然來報喜。魚箋微諭相容意。　待月西厢人不寐。簾影摇光，朱户猶慵閉。花動拂墻紅蕚墜。分明疑是情人至。香雪居本魚箋作花箋。

“張亦微諭其旨。是夕，歲二月旬又四日矣。崔之東墻有杏花一樹，攀援可踰。既望之夕，張因梯其樹而踰焉，達於西厢，則户半開矣。無幾，紅娘復來。連曰：‘至矣！至矣！’張生且喜且駭，謂必獲濟。及女至，則端服儼容，大數張曰：‘兄之恩，活我家厚矣。由是慈母以弱子幼女見依。奈何因不令之婢，致淫泆之詞。始以護人之亂爲義，而終掠亂而求之，是以亂易亂，其去幾何。誠欲寢其詞，則保人之姦不義，明之母，則背人之惠不祥，將寄於婢妾，又恐不得發其真誠。是用託於短章，願自陳啓。猶懼兄之見難，是用鄙靡之詞，以求其必至。非禮之動，能不愧心。特願以禮自持，毋及於亂。’言畢，翻然而逝。張自失者久之，復踰而出，由是絶望矣。”奉勞歌伴，再和前聲。

屈指幽期惟恐誤。恰到春宵，明月當三五。紅影壓墻花密處。花陰便是桃源路。　不謂蘭誠金石固。斂袂怡聲，恣把多才數。惆悵空回誰共語。只應化作朝雲去。香雪居本多才作多情。

“後數夕，張君臨軒獨寢，忽有人覺之。驚欻而起，則紅娘斂衾携枕而至。撫張曰：‘至矣！至矣！睡何爲哉！’並枕重衾而去。張生拭目危坐久之，猶疑夢寐。俄而紅娘捧崔而至，則嬌羞融冶，力不能運支體，曩時之端莊，不復同矣。是夕，旬有八日，斜月晶熒，幽輝半床。張生飄飄然且疑神仙之徒，不謂從人間至也。有頃，寺鐘鳴曉，紅娘促去。崔氏嬌啼宛轉。紅娘又捧而去，終夕無一言。張生辨色而興。自疑曰：‘豈其夢邪！’所可明者，妝在臂，香在衣，淚光熒熒然，猶瑩於茵席而已。”奉勞歌伴，再和前聲。

數夕孤眠如度歲。將謂今生，會合終無計。正是斷腸凝望際。雲心捧得嫦娥至。　玉困花柔羞抆淚。端麗妖嬈，不與前時比。人去月斜疑夢寐。衣香猶在妝留臂。困海虞本作潤，香雪居本與此同。

“是後又十餘日，杳不復知。張生賦會真詩三十韻，未畢，紅娘適至，因授之以貽崔氏。自是復容之，朝隱而出，暮隱而入，同安於曩所謂西廂者，幾一月矣。張生將之長安，先以情諭之。崔氏宛無難詞，然愁怨之容動人矣。欲行之再夕，不復可見，而張生遂西。”奉勞歌伴，再和前聲。

一夢行雲還暫阻。盡把深誠，綴作新詩句。幸有青鸞堪密付。良宵從此無虚度。　兩意相歡朝又暮。争奈郎鞭，暫指長安路。最是動人愁怨處。離情盈抱終無語。

“不數月，張生復游於蒲，舍於崔氏者又累月。張雅知崔氏善屬文，求索再三，終不可見。雖待張之意甚厚，然未嘗以詞繼之。異時獨夜操琴，愁弄悽惻。張竊聽之。求之，則不復鼓矣，以是愈惑之。

張生俄以文調及期，又當西去。臨去之夕，崔恭貌怡聲，徐謂張曰：‘始亂之，今棄之，固其宜矣。愚不敢恨。必也，君始之，君終之，君之惠也。則没身之誓，其有終矣，又何必深憾於此行。然而君既不懌，無以奉寧。君嘗謂我善鼓琴，今且往矣，既達君此誠。’因命拂琴鼓霓裳羽衣序。不數聲，哀音怨亂，不復知其是曲也。左右皆欷歔。張亦遽止之。崔投琴擁面，泣下流漣，趣歸鄭所，遂不復至。”奉勞歌伴，再和前聲。

碧沼鴛鴦交頸舞。正恁雙棲，又遣分飛去。灑翰贈言終不許。援琴請盡奴衷素。　曲未成聲先怨慕。忍淚凝情，强作霓裳序。彈到離愁悽咽處。絃腸俱斷梨花雨。

“詰旦，張生遂行。明年，文戰不利，遂止於京。因貽書於崔，以廣其意。崔氏緘報之詞，粗載於此，曰：‘捧覽來問，撫愛過深。兒女之情，悲喜交集。兼惠花勝一合，口脂五寸，致耀首膏脣之飾，雖荷多惠，誰復爲容。睹物增懷，但積悲嘆耳。伏承便於京中就業，於進修之道，固在便安。但恨鄙陋之人，永以遐棄。命也如此，知復何言。自去秋以來，嘗忽忽如有所失。於喧嘩之下，或勉爲笑語。閒宵自處，無不淚零。乃至夢寐之間，亦多叙感咽離憂之思。綢繆繾綣，暫若尋常。幽會未終，驚魂已斷。雖半衾如暖，而思之甚遥。一昨拜辭，倏逾舊歲。長安行樂之地，觸緒牽情。何幸不忘幽微，眷念無斁。鄙薄之志，無以奉酬。至於終始之盟，則固不忒。鄙昔中表相因，或同宴處。婢僕見誘，遂致私誠。兒女之情，不能自固。君子有援琴之挑，鄙人無投梭之拒。及薦枕席，義盛恩深。愚幼之情，永謂終托。豈期既見君子，不能以禮定情。芸窗稗海本有松柏留心句。致有自獻之羞，不復明侍巾櫛。没身永恨，含嘆何言。儻若仁人用心，俯遂幽劣。雖死之日，猶生之年。如或達士略情，舍小從大，以先配爲醜行，謂要盟之可欺，則當骨化形銷，丹忱不泯。因風委露，猶托清塵。存没之誠，言盡於此。臨紙嗚咽，情不能申。千萬珍重！’”奉勞歌伴，再和前聲。

別後相思心自亂。不謂芳音，忽寄南來雁。却寫花箋和淚卷。細書方寸教伊看。　獨寐良宵無計遣。夢裏依稀，暫若尋常見。幽會未終魂已斷。半衾如暖人猶遠。

"玉環一枚，是兒嬰年所弄，寄充君子下體之佩。玉取其堅潔不渝，環取其終始不絕。兼致彩絲一絢，文竹茶合海虞本無合字。碾子一枚。此數物不足見珍，意者欲君子如玉之潔，鄙志如環不解。淚痕在竹，愁緒縈絲。因物達誠，永以爲好耳。心邇身遐，拜會無期，幽憤所鐘，千里神合。千萬珍重！春風海虞本作氣。多厲，强飯爲佳！慎言自保，毋以鄙爲深念也！"奉勞歌伴，再和前聲。

尺素重重封錦字。未盡幽閨，別後心中事。珮玉彩絲文竹器。願君一見知深意。　環玉長圓絲萬縈。竹上斕斑，總是相思淚。物會見郎人永棄。心魂馳去神千里。香雪居本環玉作環欲，總是作盡是，神作人。

"張之友聞之莫不聳異，而張之志固絕之矣。歲餘，崔已委身於人，張亦有所娶。適經其所居，乃因其夫言於崔，以外兄見。夫已諾之，而崔終不爲出。張怨念之誠，動於顏色。崔知之，潛賦一詩寄張曰：'自從消瘦減容光，萬轉千回懶下床。不爲旁人羞不起，爲郎憔悴却羞郎。'竟不之見。後數日，張君將行。崔又賦一詩以謝絕之。詞曰：'棄置今何道，當時且自親。還將舊來意，憐取眼前人。'"奉勞歌伴，再和前聲。

夢覺高唐雲雨散。十二巫峰，隔斷相思眼。不爲旁人移步懶。爲郎憔悴羞郎見。　青翼不來孤鳳怨。路失桃源，再會終無便。舊恨新愁無計遣。情深何似情俱淺。香雪居本無計作那計。

逍遥子曰："樂天謂微之能道人意中語，僕於是益知樂天之言爲當也。何者，夫崔之才華婉美，詞采艷麗，則於所載緘書詩章盡之矣。如其都愉淫冶之態，則不可得而見。及觀其文，飄飄然彷彿出於人目前，雖丹青模寫其形狀，未知能如是工且至否？僕嘗采摭其意，成鼓子詞十一章，示余友何東白先生。先生曰：'文則美矣，意猶有不盡者。胡不復爲一章於其後，且具道張之與崔，既不能以禮定其情，又不能合之於義，始則相遇也如是之篤，終相失也如是之遽。必及於此，則完矣。’余應之曰：‘先生真爲文者矣。言必欲有始終箴戒而後已。大氐鄙靡之詞，止欲歌其事之所可歌，不必如是之備。若夫聚散離合，亦人之常情，古今所同惜也。又況崔之始相得而終至相失，豈得已哉。如崔已他適，而張詭計以求見；崔知張之意，而潛賦詩以謝之。其情蓋有未能忘者矣。樂天曰：“天長地久有時盡，此恨綿綿無盡期。”豈獨在彼者邪！’”予因命此意，復成一曲，綴於傳末云。香雪居本何東白作河東白。

鏡破人離何處問。路隔銀河，歲會知猶近。只道新來消瘦損。玉容不見空傳信。　棄擲前歡俱未忍。豈料盟言，陡頓無憑準。地久天長終有盡。綿綿不似無窮恨。

趙令畤　字德麟，號聊復翁，宋宗室。元祐中，簽書潁州公事；坐與蘇軾交通，罰金，入黨籍。紹興初襲封安定郡王。有《聊復集》一卷，《侯鯖録》八卷。

此曲皆以蝶戀花一調重復歌之，令時自謂爲鼓子詞。宋時作鼓子詞者頗多，歐陽修有十二月詞，寄漁家傲調。本集未載。楊元素輯《時賢本事曲子集》有之。但詞前無記事之文耳。此十二曲以一曲起，一曲結，中間十曲分序元微之鶯鶯傳本事，頗與後世戲曲體制相類。故毛西河詞話已視爲戲曲之祖，而王觀堂考戲曲之源，亦詳述其詞，謂視後世戲曲之格律，幾於具體而微，是也。

附　楊萬里　歸去來兮引

儂家貧甚訴長飢。幼稚滿庭闈。正坐缸無儲粟，漫求爲吏東西。

偶然彭澤近鄰圻。公秫滑流匙。葛巾勸我求爲酒，黄菊怨、冷落東籬。五斗折腰，誰能許事，歸去來兮。後三曲末句皆五字此句疑脱字。

老圃半榛茨。山西欲蒺藜。念心爲形役又奚悲。獨惆悵前迷。不諫後方追。覺今來是了，覺昨來非。

扁舟輕颺破朝霏。風細漫吹衣。試問征夫前路，晨光小，恨熹微。

乃瞻衡宇載奔馳。迎候滿荆扉。已荒三徑存松菊，喜諸幼、入室相携。有酒盈尊，引觴自酌，庭樹遣顔怡。

容膝易安棲。南窗寄傲睨。更小園日涉趣尤奇。盡雖設柴門，長是閉斜暉。縱遐觀矯首，短策扶持。

浮雲出岫豈心□。鳥倦亦歸飛。翳翳流光將入，孤松撫處淒其。闕文疑是知字。

息交絶友塹山溪。世與我相違。駕言復出何求者，曠千載、今欲從誰。親戚笑談，琴書觴詠，莫遣俗人知。

邂逅又春熙。農人欲載菑。告西疇有事要耘耔。容老子舟車，取意任委蛇。歷崎嶇窈窕，丘壑隨宜。

欣欣花木向榮滋。泉水始流澌。萬物得時如許，此生休笑吾衰。

寓形宇内幾何時。豈問去留爲。委心任運無多慮，顧遑遑、將欲何之。大化中間，乘流歸盡，喜懼□隨伊。

富貴本危機。雲鄉不可期。趁良辰、孤往恣游嬉。獨臨水登山，舒嘯更哦詩。除樂天知命，了復奚疑。

楊萬里　字廷秀，廬陵人。初爲零陵丞，紹興中登進士。光宗朝官秘書監，出爲江東路轉運副使，改知贛州，請祠不出，後以寶文閣待制致仕，進寶謨閣學士，卒贈光禄大夫，謚文節。有《誠齋樂府》一卷。

王國維《戲曲考》原曰："此曲不著何宫調，前後凡四調，每調三疊，而十二疊通用一韻，其體於大曲爲近。雖前此如東坡哨遍隱括歸去來辭者，亦用代言體，然以數曲代一人之言，實自此始。要之曾、董大曲，開董解元之先，此曲則爲元人套數雜劇之祖。”王易《詞曲史》曰：“以今考之，則其第一、第四、第七、第十調爲朝中措，其第二、第五、第八、第十一調爲一叢花，其第三、第六、第九、第十二與譜載無名氏之平韻望遠行較近，然俱不用换頭，且純爲代言體。誠齋生於紹興初，卒於開禧二年，則此曲之作，殆與董解元西厢同時。然則元人雜劇，固参合宋金兩邦歌曲體裁以成一種新體。”

六、轉踏九種

無名氏　調笑集句

蓋聞行樂須及良辰，鍾情正在吾輩。飛觴舉白，目斷巫山之暮雲；綴玉聯珠，韻勝池塘之春草。集古人之妙句，助今日之餘歡。

珠流璧合暗連文。月入千江體不分。此曲只應天上有，歌聲豈合世間聞。

巫　山

巫山高高十二峰。雲想衣裳花想容。欲往從之不憚遠，丹峰碧障深重重。

樓閣玲瓏五雲起。美人娟娟隔秋水。江天一望楚天長，滿懷明月人千里。

千里。楚江水。明月樓高愁獨倚。井梧宮殿生秋意。望斷巫山十二。雪肌花貌參差是。朱閣五雲仙子。

桃　源

漁舟容易入春山。別有天地非人間。玉顏亭亭花下立，鬢亂釵横特地寒。

留君不住君須去。不知此地歸何處。春來遍是桃花水，流水落花空相誤。

相誤。桃源路。萬里蒼蒼煙水暮。留君不住君須去。秋月春風閒度。桃花零亂如紅雨。人面不知何處。

洛　浦

艷陽灼灼河洛神。態濃意遠淑且真。入眼平生未曾有，緩步佯羞行玉塵。

淩波不過橫塘路，風吹仙袂飄飄舉。來如春夢不多時，夭非花艷輕非霧。

非霧。花無語。還似朝雲何處去。淩波不過橫塘路。燕燕鶯鶯飛舞。風吹仙袂飄飄舉。擬倩遊絲惹住。

明　妃

明妃初出漢宫時。青春綉服正相宜。無端又被東風誤，故著尋常澹薄衣。

上馬即知無返日。寒山一帶傷心碧。人生憔悴生理難，好在氈城莫相憶。

相憶。無消息。目斷遥天雲自白。寒山一帶傷心碧。風土蕭疏胡國。長安不見浮雲隔。縱使君來争得。

班　女

九重春色醉仙桃。春嬌滿眼睡紅綃。同輦隨君侍君側，雲鬢花顔金步摇。

一霎秋風驚畫扇。庭院蒼梧紅葉遍。蕊珠宮裹舊承恩，回首何時復來見。

來見。蕊宮殿。記得隨班迎鳳輦。餘花落盡蒼苔院。斜掩金鋪一片。千金買笑無方便。和淚盈盈嬌眼。

文　君

錦城絲管日紛紛。金釵半醉坐添春。相如正應居客右，當軒下馬入錦裀。

斜倚緑窗鴛鑑女，琴彈秋思明心素。心有靈犀一點通，感君綢繆逐君去。

君去。逐鴛侶。斜倚緑窗鴛鑑女。琴彈秋思明心素。一寸還成千縷。錦城春色知何許。那似遠山眉嫵。

吴　娘

素枝瓊樹一枝春。丹青難寫是精神。偷啼自搵殘妝粉，不忍重看舊寫真。

珮玉鳴鸞罷歌舞，錦瑟華年誰與度。暮雨瀟瀟郎不歸，含情欲説獨無處。

無處。難輕訴。錦瑟華年誰與度。黄昏更下瀟瀟雨。況是青春將暮。花雖無語鶯能語。來道曾逢郎否。

琵　琶

十三學得琵琶成。翡翠簾開雲母屏。暮去朝來顏色故，夜半月高絃索鳴。

江水江花豈終極。上下花間聲轉急。此恨綿綿無絶期，江州司馬青衫濕。

衫濕。情何極。上下花間聲轉急。滿船明月蘆花白。秋水長天一色。芳年未老時難得。目斷遠空凝碧。

放　隊

玉爐夜起沉香菸。喚起佳人舞綉筵。去似朝雲無覓處，游童陌上拾花鈿。

此曲載於曾慥《樂府詩集》卷上。曾序稱九重傳出，不知作者。大都雜集前人詩詞爲之，前有勾隊詞，用駢語數句；次爲口號，用絶句一首；以下以一詩一詞詠一故事，共八事而畢；最後以一絶爲放隊詞，蓋歌舞相兼之曲也。王灼《碧鷄漫志》云："世有般涉調拂霓裳曲，因石曼卿取作傳踏，述開元天寶舊事。曼卿云：'本是月宫之音，翻作人間之曲。'近夔帥曾端伯增損其辭爲勾遣隊口號，亦云開寶遺音。"據此，則又名傳踏。且以此體詠楊太真唐明皇故事，則亦與後世戲曲具體而微矣。此猶宋初年體制也。汴宋之末，其體漸變，故吴自牧《夢粱録》云："在京時只有纏令。纏達有引子尾聲爲纏令，引子後只有兩腔迎互循環。"此云纏達，亦即轉踏之音變，蓋勾隊變爲引子，放隊變爲尾聲，曲前之詩，後亦變爲用詞。故曰兩腔迎互循環也。觀此，知元人雜劇體亦以漸而成者，其間演變之迹，尚可探尋也。

此曲題材多取之古賦及詩，所詠皆美艶之事，共八事而畢。但前後不相連貫，與唐代大曲同。今略記所詠之事於後：

第一，宋玉高唐賦，詠巫山神女。宋賦假設楚襄王游於雲夢之臺，高唐之觀，與巫山神女遇，用以諷刺楚王淫惑也。後世遂演爲巫山高曲。

第二，詠劉晨、阮肇入天台山遇二仙女事，出《幽明録》。録稱漢明帝永平五年，劉晨、阮肇入天台山采藥，迷失道路，得桃實食之不飢，遇二仙女留之，食以胡麻飯。二人居一年思歸心切，仙女指示歸路乃出山。唐曹唐有劉阮入天台逢仙女、别仙女及再尋仙女詩。

第三，曹植洛神賦。曹賦假設渡洛水，見洛水之神宓妃，乃模寫其形狀而成此賦，用以暗諭文帝也。或曰此賦原名感甄，因思慕甄后而作，後恐文帝見忌，乃改爲洛神賦。

第四，明妃曲。《西京雜記》謂漢元帝時匈奴入朝求美人爲閼氏。元帝按後宫宫人圖以王嬙予之。後人悲其遠嫁，爲作明君曲。明君本曰昭君，晉人避司馬昭諱而改也。

第五，婕妤怨曲。樂府解題："婕妤怨者，爲漢成帝班婕妤作也。婕妤，徐令彪之姑，況之女，美而能文，初爲帝所寵愛，後幸趙飛燕姊弟，冠於後宫。婕妤自知見薄，乃退居東宫，作賦及紈扇詩以自傷悼。"詩曰："新裂齊紈素，鮮潔如霜雪。裁爲合歡扇，團團似明月。出入君懷袖，動摇微風發。常恐秋節至，涼飆奪炎熱。棄捐篋笥中，恩情中道絶。"

第六，司馬相如琴歌。《琴集》曰："司馬相如客臨邛。富人卓王孫有女文君新寡，竊於壁間見之。相如以琴心挑之，爲琴歌二章。"其詞曰："鳳兮鳳兮歸故鄉。遨遊四海求其凰。時未遇兮無所將。何悟今夕昇斯堂。有艷淑女在閨房。室邇人遐毒我腸。何緣交頸爲鴛鴦。胡頡頏兮共翱翔。"其二曰："鳳兮鳳兮從我栖。得托孳尾永爲妃。交情通體心和諧。中夜相從知者誰。雙翼俱起翻高飛。無感我思使余悲。"文君遂夜奔相如。

第七，白居易寄殷協律詩曰："吴娘暮雨瀟瀟曲，自别江南更不聞。"自注："江南吴二娘曲詞云：'暮雨瀟瀟郎不歸。'"

第八，琵琶行。白居易在潯陽送客，忽聞江上琵琶聲，訪之，乃京都倡婦嫁爲商人妻者。商人遠行未歸，婦思之也。白感其淪落，爲賦琵琶行。

鄭　僅　調笑

良辰易失，信四者之難并；佳客相逢，實一時之盛事。用陳妙曲，上助清歡。女伴相將，調笑入隊。

秦樓有女字羅敷。二十未滿十五餘。金環約腕携籠去，攀枝摘葉城南隅。使君春思如飛絮，五馬徘徊芳草路。東風吹鬢不可親，日晚蠶飢欲歸去。

歸去。携籠女。南陌柔桑三月暮。使君春思如飛絮。五馬徘徊頻駐。蠶飢日晚空留顧。笑指秦樓歸去。

石城女子名莫愁。家住石城西渡頭。拾翠每尋芳草路，采蓮時過緑蘋洲。五陵豪客青樓上，醉倒金壺待清唱。風高江闊白浪飛，急催艇子操雙槳。

雙槳。小舟蕩。喚取莫愁迎疊浪。五陵豪客青樓上。不道風高江廣。千金難買傾城樣。那聽繞梁清唱。

綉户朱簾翠幕張。主人置酒宴華堂。相如年少多才調，消得文君暗斷腸。斷腸初認琴心挑，么絃暗寫相思調。從來萬曲不關心，此度傷心何草草。

草草。最年少。綉户銀屏人窈窕。瑶琴暗寫相思調。一曲關心多少。臨邛客舍成都道。苦恨相逢不早。

湲湲流水武陵溪，洞裏春長日月遲。紅英滿地無人掃，此度劉郎去後迷。行行漸入清流淺，香風引到神仙館。瓊漿一飲覺身輕，玉砌雲房瑞煙暖。

煙暖。武陵晚。洞裏春長花爛漫。紅英滿地溪流淺。漸聽雲中鷄犬。劉郎迷路香風遠。誤到蓬萊仙館。

少年錦帶佩吴鈎，鐵馬迎風塞草秋。憑仗匣中三尺劍，掃平驕虜取封侯。紅顔少婦桃花臉，笑倚銀屏施寶靨。明眸妙齒起相迎，青樓獨占陽春艷。

春艷。桃花臉。笑倚銀屏施寶靨。良人少有平戎膽。歸路光生弓劍。青樓春永香幃掩。獨把韶華都占。

翠蓋銀鞍馮子都，尋芳調笑酒家徒。吴姬十五夭桃色，巧笑春風當酒壚。玉壺絲絡臨朱户，結就羅裙表情素。紅裙不惜裂香羅，區區私愛徒相慕。

相慕。酒家女。巧笑明眸年十五。當壚春永尋芳去。門外落花飛絮。銀鞍白馬金吾子。多謝結裙情素。

樓上青簾映緑楊，江波千里對微茫。潮平越賈催船發，酒熟吴姬唤客嘗。吴姬綽約開金盞，的的嬌波流美盼。秋風一曲采菱歌，行雲不度人腸斷。

腸斷。浙江岸。樓上青簾新酒軟。吴姬綽約開金盞。的的嬌波流盼。采菱歌罷行雲散。望斷儂家心眼。

花陰轉午漏頻移，寶鴨飄簾綉幕垂。眉山斂黛雲堆髻，醉倚春風不自持。偷眼劉郎年最少，雲情雨態知多少。花前月下惱人腸，不獨錢塘有蘇小。

蘇小。最嬌妙。幾度樽前曾調笑。雲情雨態知多少。悔恨相逢不早。劉郎襟韻正年少。風月今宵偏好。

金翹斜嚲淡梳妝，綽約天葩自在芳。幾番欲奏陽關曲，淚濕春風眼尾長。落花飛絮青門道，濃愁不散連芳草。孤鸞乘鶴上蓬萊，應笑行雲空夢悄。

夢悄。翠屏曉。帳裹薰爐殘蠟照。賞心樂事能多少。忍聽陽關聲調。明朝門外長安道。悵望王孫芳草。

綽約妍姿號太真，肌膚冰雪怯輕塵。霞衣乍舉紅搖影，按出霓裳曲最新。舞釵斜𨫼烏雲髮，一點春心幽恨切。蓬萊雖説浪風輕，翻恨明皇此時節。

時節。白銀闕。洞裹春情百和爇。蘭心底事多悲切。消盡一江冰雪。明皇恩愛雲山絶。誰道蓬萊安悦。

江山新晴暮靄飛，碧蘆紅蓼夕陽微。富貴不牽漁父目，塵勞難染釣人衣。白鳥孤飛煙柳杪，采蓮越女清歌妙。腕呈金釧棹鳴榔，驚起鴛鴦歸調笑。

調笑。楚江渺。粉面修眉花鬥好。擎荷折柳争相調。驚起鴛鴦多少。漁歌齊唱催殘照。一葉歸舟輕小。

千里潮平小渡邊，簾歌白紵絮飛天。蘇蘇不怕梅風遠，空遣春心著意憐。燕釵玉股横青髮，怨託琵琶恨難説。擬將幽恨訴新愁，新愁未盡絃聲切。

聲切。恨難説。千里潮平春浪闊。梅風不解相思結。忍送落花飛雪。多才一去芳音絶。更對珠簾新月。

放　隊

新詞宛轉遞相傳，振袖傾鬟風露前。月落烏啼雲雨散，游童陌上拾花鈿。

鄭僅　字彦能，彭城人。第進士，歷官顯謨閣待制，出知寧州，徙秦州，還都轉運使，召拜户部侍郎，改吏部侍郎，知徐州，終顯謨閣直學士、通議大夫，贈光禄大夫，謚修敏。

轉踏之體，觀此曲放隊詞曰："新詞宛轉遞相傳"，蓋歌女以調笑一曲展轉歌之也。每歌以一詩一詞詠一故事，詩末二字，即爲詞首二字，亦有宛轉遞傳之意，故又稱傳踏。踏者，連手踏足之意。唐曲有轉應詞、調笑詞、踏歌，與此體有關。吴自牧《夢粱録》曰"纏達"，則又俗稱而失其本字之故也。此曲題材多取之樂府詩。今略記於後：

第一，日出東南隅行，詠羅敷也。此魏晉樂所奏陌上桑古辭，共三解。崔豹《古今注》曰："陌上桑者，出秦氏女子。秦氏邯鄲人，有女名羅敷，爲邑人千乘王仁妻。王仁後爲趙王家令。羅敷出采桑於陌上。趙王登臺見而悦之，因置酒欲奪焉。羅敷巧彈箏，乃作陌上桑之歌以自明。趙王乃止。"《樂府解題》謂："羅敷采桑，爲使君所邀。"羅敷拒之。與崔説不同。其詞曰："日出東南隅，照我秦氏樓。秦氏有好女，自名爲羅敷。羅敷喜蠶桑，采桑城南隅。青絲爲籠繫，桂枝爲籠鈎。頭上倭墮髻，耳中明月珠。緗綺爲下裙，紫綺爲上襦。行者見羅敷，下擔捋髭須。少年見羅敷，脱帽著帩頭。耕者忘其犁，鋤者忘其鋤。來歸相怨怒，但坐觀羅敷。（一解）使君從南來，五馬立踟躕。使君遣吏往，問是'誰家姝？''秦氏有好女，自名爲羅敷。''羅敷年幾何？''二十尚不足，十五頗有餘。'使君謝羅敷：'寧可共載不？'羅敷前置詞：'使君一何愚！使君自有婦，羅敷自有夫。'（二解）'東方千餘騎，夫婿居上頭。何用識夫婿？白馬從驪駒。青絲繫馬尾，黄金絡馬頭。腰中鹿盧劍，可直千萬餘。十五府小史，二十朝大夫。三十侍中郎，四十專城居。爲人潔白皙，鬑鬑頗有鬚。盈盈公府步，冉冉府中趨。坐中數千人，皆言夫婿殊。'（三解）"又李白子夜春歌曰："秦地羅敷女，采桑緑水邊。素手青條上，紅妝白日鮮。蠶飢妾欲去，五馬莫流連。"

第二，莫愁樂。《唐書·樂志》曰："莫愁樂者，出於石城樂。石城有女子名莫愁，善歌謡。"其詞曰："莫愁在何處？莫愁石城西。

艇子打兩槳，催送莫愁來。”又曰：“聞歡下揚州，相送楚山頭。探手抱腰看，江水斷不流。”

第三，司馬相如琴歌，見前。

第四，天台仙女，見前。

第五，結客少年場行，泛詠遊俠少年。鮑照結客少年場行曰：“驄馬金絡頭，錦帶佩吴鈎。”

第六，羽林郎。辛延年羽林郎詩曰：“昔有豪家奴，姓馮名子都。依倚將軍勢，調笑酒家胡。胡姬年十五，春日獨當壚。……貽我青銅鏡，結我紅羅裾。不惜紅羅裂，何論輕賤軀。……多謝金吾子，私愛徒區區。”

第七，采菱行。劉禹錫《采菱行》曰：“白馬湖平秋日光，紫菱如錦彩鸞翔。盪舟游女滿中央，采菱不顧馬上郎。……家家竹樓臨廣陌，下有連檣多估客。携觴薦芰夜經過，醉踏大堤相應歌。”

第八，蘇小小歌。《樂府廣題》曰：“蘇小小，錢塘名倡也，蓋南齊時人。西陵在錢塘江之西。歌曰：‘妾乘油壁車，郎乘青驄馬。何處結同心，西陵松柏下。’”

第九，陽關曲，泛詠别情。

第十，長恨歌，詠楊貴妃。白居易《長恨歌》曰：“忽聞海上有仙山，山在虚無縹渺間。樓閣玲瓏五雲起，其中綽約多仙子。中有一人名太真，雪膚花貌參差是。……雲鬢半偏新睡覺，花冠不整下堂來。風吹仙袂飄飖舉，猶似霓裳羽衣舞。玉容寂莫淚闌干，梨花一枝春帶雨。含情凝睇謝君王，一别音容兩渺茫。昭陽殿裏恩愛絶，蓬萊宫中日月長。”

第十一，采蓮曲，泛詠越女采蓮。

第十二，蘇蘇事未詳。

晁補之　調笑

蓋聞民俗殊方，聲音異好。洞庭九奏，謂踴躍於魚龍；子夜四時，亦欣愉於兒女。欲識風謡之變，請觀調笑之傳。上佐清歡，深慚薄伎。

西　子

西子江頭自浣紗，見人不語入荷花。天然玉貌非朱粉，消得人看隘若耶。遊冶誰家少年伴，三三五五垂楊岸。紫騮飛入亂紅深，見此踟蹰但腸斷。

腸斷。越江岸。越女江頭紗自浣。天然玉貌鉛紅淺。自弄芙蓉日晚。紫騮嘶去猶回盼。笑入荷花不見。

宋　玉

楚人宋玉多微詞，出遊白馬黄金羈。殷勤扣户主人女，上客日高無乃飢。琴彈秋思明心素，女爲客歌客無語。冠纓定掛翡翠釵，心亂誰知歲將暮。

將暮。亂心素。上客風流名重楚。臨街下馬當窗户。飯煮雕胡留住。瑶琴促軫傳深語。萬曲梁塵不顧。

大　隄

妾家朱户在横塘，青雲作髻月爲璫。常伴大隄諸女士，誰令花艷獨驚郎。踏隄共唱襄陽樂，軻峨大艑帆初落。宜城酒熟持勸郎，郎今欲度風波惡。

波惡。倚江閣。大艑軻峨帆夜落。横塘朱户多行樂。大隄花容綽約。宜城春酒郎同酌。醉倒銀缸羅幕。

解　　珮

當年二女出江濱，容止光輝非世人。明璫戲解贈行客，意比驂鸞天漢津。恍如夢覺空江暮，雲雨無踪珮何處。君非玉斧望歸來，流水桃花定相誤。

相誤。空凝佇。鄭子江頭逢二女。霞衣曳玉非塵土。笑解明璫輕付。月從雲墮勞相慕。自有驂鸞仙侶。

回　　紋

竇家少婦美朱顔，藁砧何在山復山。多才況是天機巧，象床玉手亂紅間。織成錦字縱横説，萬語千言皆怨别。一絲一縷幾縈迴，似妾思君腸寸結。

寸結。肝腸切。織錦機邊音韻咽。玉琴塵暗薰爐歇。望盡床頭秋月。刀裁錦斷詩可滅。恨似連環難絶。

唐　　兒

頭玉磽磽翠刷眉，杜郎生得好男兒。惟有東家嬌女識，骨重神寒天妙姿。銀鸞照衫馬絲尾，折花正值門前戲。濃笑書空意爲誰，分明唐字深心記。

心記。好心事。玉刻容顔眉刷翠。杜郎生得真男子。況是東家妖麗。眉尖春恨難憑寄。笑作空中唐字。

春　　草

劉郎初見小樊時，花面丫頭年未笄。千金欲置名春草，圖得身行步步隨。郎去蘇臺雲水國，青青滿地成輕擲。聞君車馬向江南，爲傳春草遥相憶。

相憶。頓輕擲。春草佳名慚贈璧。長洲茂苑吴王國。自有芊綿碧色。根生土長銅駝陌。縱慾隨君争得。

晁補之　字无咎，鉅野人。元祐初應進士舉，試開封及禮部别院皆第一，除秘書省正字，遷校書郎，以秘閣校理通判揚州，尋召還爲著作郎，坐黨籍徙。放還後，葺歸來園，自號歸來子，又稱濟北詩人。大觀末，起知泗州。有《鷄肋集》，詞一卷。

此曲省去勾隊放隊詞，曲中共用七故事，多採前人詩歌及艷異之事爲題材。今略記於後：

第一，西施。李白子夜夏歌曰："鏡湖三百里，菡萏發荷花。五月西施採，人看隘若耶。回舟不待月，歸去越王家。"

第二，宋玉諷賦。其略曰："楚襄王時宋玉休歸。唐勒讒之於王曰：'玉爲人身體容冶，口多微詞，出愛主人之女，入事大王，願王疏之。……'玉曰：'臣身體容冶，受之二親。口多微詞，聞之聖人。臣嘗出行，僕飢馬疲，正值主人門開。主人翁出，嫗又到市，獨有主人女在。……主人之女……來排臣户曰："上客無乃飢乎?"爲臣炊雕胡之飯，烹露葵之羹，來勸臣食，以其翡翠之釵掛臣冠纓。臣不忍仰視。爲臣歌曰："歲將暮兮日已寒，中心亂兮勿多言。"'"

第三，李賀大隄曲。其詞曰："妾家住横塘，紅紗滿桂香。青雲教綰頭上髻，明月與作耳邊璫。蓮風起，江畔春。大堤上，留北人。郎食鯉魚尾，妾食猩猩唇。莫指襄陽道，綠蒲歸帆少。今日菖蒲花，明朝楓樹老。"又宋隨王誕襄陽樂曰："朝發襄陽城，暮至大堤宿。大堤諸女兒，花艷驚郎目。"又古辭堤上行曰："長堤繚繞水徘徊，酒舍旗亭次第開。日晚上簾招賈客，軻峨大艑落帆來。"又李白横江詞曰："横江館前津吏迎，向余東指海雲生。郎今欲渡緣何事，如此風波不可行。"

第四，江妃二女。劉向《列仙傳》謂江妃二女游於江濱，遇鄭交甫解珮與之。交甫懷珮去數十步，女遂不見。

第五，迴文詩。唐武后璇璣圖序曰：“前秦苻堅時扶風竇滔妻蘇氏名蕙，字若蘭。滔鎮襄陽，斷蘇氏音問。蘇氏因織錦爲迴文，五彩相宣，縱廣八寸，題詩二百餘首，計八百餘言，縱橫反復，皆成章句。”

第六，李賀唐兒歌。歌曰：“頭玉磽磽眉刷翠，杜郎生得真男子。骨重神寒天廟器，一雙瞳人剪秋水。竹馬梢梢摇緑尾，銀鸞睒光踏半臂。東家嬌娘求對值，濃笑書空作唐字。眼大心雄知所以，莫忘作歌人姓李。”

第七，劉禹錫憶春草詩。春草，白樂天舞妓名。詩曰：“憶春草，處處多情洛陽道。金谷園中見日遲，銅駝陌上迎風早。河南大尹頻出難，只得池塘十步看。府門閉後滿街月，幾處遊人草頭歇。館娃宫外姑蘇臺，鬱鬱芊芊撥不開。無風自偃君知否，西子裙裾曾拂來。”

秦觀 調笑令

王昭君

詩曰

漢宫選女適單于，明妃斂袂登氈車。玉容寂寞花無主，顧影低徊泣路隅。行行漸入陰山路，目送征鴻入雲去。獨抱琵琶恨更深，漢宫不見空回顧。

曲子

回顧。漢宫路。桿撥檀槽鸞對舞。玉容寂寞花無主。顧影偷彈玉筯。未央宫殿知何處。目送征鴻南去。

樂昌公主

詩　　曰

金陵往昔帝王州，樂昌主第最風流。一朝隋兵到江上，共抱恓恓去國愁。越公萬騎鳴笳鼓，劍擁玉人天上去。空携破鏡望紅塵，千古江楓籠輦路

曲　　子

輦路。江楓古。樓上吹簫人在否。菱花半壁香塵汙。往日繁華何處。舊歡新愛誰爲主。啼笑兩難分付。

崔　　徽

詩　　曰

蒲中有女號崔徽，輕似南山翡翠兒。使君當日最寵愛，坐中對客常擁持。一見裴郎心似醉，夜解羅衣與門吏。西門寺裏樂未央，樂府至今歌翡翠。

曲　　子

翡翠。好容止。誰使庸奴輕點綴。裴郎一見心如醉。笑裏偷傳深意。羅衣深夜與門吏。暗結城西幽會。

無　　雙

詩　　曰

尚書有女名無雙，蛾眉如畫學新妝。姊家仙客最明秀，舅母惟只呼王郎。尚書往日先曾許，數載暌違今復遇。聞説襄江二十年，當時未必輕相慕。毛本姊作伊，秀作俊。《全宋詞》本襄江作襄王。

曲　　子

相慕。無雙女。當日尚書先曾許。王郎明俊神仙侶。腸斷別離情苦。數年暌恨今復遇。笑指襄江歸去。

灼　　灼

詩　　曰

錦城春暖花欲飛，灼灼當庭舞柘枝。相君上客河東秀，自言那得旁人知。妾願身爲梁上燕，朝朝暮暮長相見。雲收月墮海沉沉，淚滿紅綃寄腸斷。

曲　　子

腸斷。綉簾卷。妾願身爲梁上燕。朝朝暮暮長相見。莫遣恩遷情變。紅綃粉淚知何限。萬古空傳遺怨。

盼　盼

詩　曰

百尺樓高燕子飛，樓上美人顰翠眉。將軍一去音容遠，只有年年舊燕歸。春風昨夜來深院，春色依然人不見。只餘明月照孤眠，惟望舊恩空戀戀。

曲　子

戀戀。樓中燕。燕子樓空春色晚。將軍一去音容遠。空鎖樓中深怨。春風重到人不見。十二闌干倚遍。

崔 鶯 鶯

詩　曰

崔家有女名鶯鶯，未識春風先有情。河橋兵變依蕭寺，怨紅愁緑見張生。張生一見春情重。明月拂墻花樹動。夜半紅娘擁抱來，脈脈驚魂若春夢。毛本風作光，怨紅愁緑作紅愁緑慘。

曲　子

春夢。神仙洞。冉冉拂墻花樹動。西厢待月知誰共。更覺玉人情重。紅娘深夜行雲送。困嚲釵横金鳳。

采　　蓮

詩　　曰

若耶谿邊天氣秋，采蓮女兒溪岸頭。笑隔荷花共人語。煙波渺渺蕩輕舟。數聲水調紅嬌晚，棹轉舟回笑人遠。腸斷誰家遊冶郎，盡日踟躕臨柳岸。

曲　　子

柳岸。水清淺。笑折荷花呼女伴。盈盈日照新妝面。水調空傳幽怨。扁舟日暮笑聲遠。對此令人腸斷。

煙　中　怨

詩　　曰

鑒湖樓閣與雲齊，樓上女兒名阿溪。十五能爲綺麗句，平生未解出幽閨。謝郎巧思詩裁翦，能使佳人動幽怨。瓊枝璧月結芳期，斗帳雙雙成眷戀。

曲　　子

眷戀。西湖岸。湖岸樓臺侵雲漢。阿溪本是飛瓊伴。風月朱扉斜掩。謝郎巧思詩裁翦。能動芳懷幽怨。毛本第二個岸字作面。

離魂記

詩　曰

深閨女兒嬌復痴，春愁春恨那復知。舅兄惟有相拘意，暗想花心臨别時。離舟欲解春江暮，冉冉香魂逐君去。重來兩身復一身，夢覺春風話心素。

曲　子

心素。與誰語。始信别離情最苦。蘭舟欲解春江暮。精爽隨君歸去。異時携手重來處。夢覺春風庭户。

秦觀　字少游，初字太虚，高郵人。登第後，蘇軾薦於朝，除太學博士，遷秘書省正字，兼國史院編修官，坐黨籍遠徙。徽宗朝放還，至藤州卒。有《淮海詞》三卷。

此十曲多取材唐人小説及詩，今略記於後：

第一，王昭君，見前。

第二，樂昌公主。古今詩話曰："陳太子舍人徐德言尚叔寶妹樂昌公主。陳政衰，謂妻曰：'國破，必入權豪家，倘情緣未斷，尚冀相見。'乃破一照，人分其半，約他日以正月望日賣於都市。及陳亡，妻爲楊越公得之。德言至京，遂以正月望日，訪於都市。有蒼頭賣半照者，德言出半照合之，仍題詩云：'鏡與人俱去，鏡歸人未歸。無復姮娥影，空留明月輝。'公主得詩悲泣不食。素因詰之，以實對。於是召德言至，還其妻。"

第三，崔徽歌。元稹作歌，並序曰："崔徽，河中府倡人也。裴敬中以興元幕使蒲州，與徽相從累月。敬中使還，崔以不得從爲憾，因而成疾。有丘夏善寫人形。徽託寫真寄敬中曰：'崔徽一旦不及畫中人，且爲郎死。'發狂卒。"詩曰："崔徽本不是倡家，教歌按舞倡家長。使君知有不自由，坐在頭時立在掌。有客名丘夏，善寫儀容得恣把。爲徽持此寄敬中，以死報郎爲終始……”

第四，薛調《無雙傳》。其略曰：“無雙，劉震女。劉有王氏寡姊携甥仙客來相依而居，兩小相得。姊臨死，求無雙爲婦，震慰之。姊死，仙客葬畢復來，意在成婚，而震絶不及此。會京師亂作，震命仙客護重寶先行出城相候，且許以無雙妻之。至夜未見來。仙客晨起探消息，知爲寇掠而北，乃歸鄉里。三年事平，復至京訪震，則以授僞官已棄市，女入掖庭矣。乃訪得其舊僕及婢采蘋同居。夤緣得以本官富平縣尹知長樂驛。適有命内家三十人往灑掃園陵，無雙在焉。仙客以計得一面，且得其手書曰：‘聞富平古押衙，義士，能任人之難，曷往求之。’仙客得書，乃請罷驛歸本官，訪得古，厚禮之。古問何所求，具告之。乃以計出無雙焉。仙客挈之歸襄鄧居。古自刎以示勿泄。”

第五，灼灼。韋莊傷灼灼詩自注：“灼灼，蜀之麗人也，近聞貧且老，殂落於成都酒市中，因以四韻弔之。”詩曰：“嘗聞灼灼麗於花，雲髻盤時未破瓜。桃臉曼長横緑水，玉肌香膩透紅紗。多情不住神仙界，薄命曾嫌富貴家。流落錦江無處問，斷魂飛作碧天霞。”

第六，關盼盼。白居易燕子樓詩序：“徐州故張尚書有愛妓曰盼盼，善歌舞，雅多風態。予爲校書郎時游徐泗間，張尚書宴予，酒酣，出盼盼以佐歡。歡甚，予因贈詩云：‘醉嬌勝不得，風裊牡丹花。’一歡而去。爾後絶不相聞，迨兹一紀矣。昨日司勛郎張仲素續之訪予，因吟新詩，有燕子樓三首，詞甚婉麗。詰其由，爲盼盼作也。續之從事武寧軍累年，頗知盼盼始末。云尚書既殁，歸葬東洛，而彭城有張氏舊第，中有小樓名燕子，盼盼念舊愛而不嫁，居是樓十餘年，幽獨塊然，於今尚在。予愛續之新詠，感彭城舊游，因同其題作三絶句。”詩曰：“滿窗明月滿簾霜，被冷燈殘拂卧床。燕子樓中霜月夜，秋來只爲一人長。”其二曰：“鈿帶羅衫色似煙，幾回欲著即潸然。自從不舞霓裳曲，疊在空箱十一年。”其三曰：“今春有客洛陽回，曾到尚書墓上來。見説白楊堪作柱，爭教紅粉不成灰。”《全唐詩》有盼盼和白詩三首曰：“樓上殘燈伴曉霜，獨眠人起合歡床。相思一夜情多少，地角天涯不是長。”“北邙松柏鎖愁煙，燕子樓中思悄然。自埋劍履歌塵散，紅袖香銷一十年。”“適看鴻雁岳陽回，又睹玄禽逼社來。瑶瑟玉簫無意緒，任從蛛網任從灰。”

第七，崔鶯鶯。元稹《會真記》稱張生游蒲州，寓普救寺，適崔氏寡婦携女鶯鶯，亦止此寺。忽逢兵亂，張因與蒲將之黨有舊，護之得免於難。崔之寡婦與張生爲異派之從母，以此得相往來。張生愛鶯鶯之美，托其婢紅娘通情，鶯鶯作一詩，題曰明月三五夜，報張。其詞曰：“待月西厢下，迎風户半開。拂墻花影動，疑是玉人來。”自是私宿於西厢，幾一月。張後入京應試别婚他姓，崔亦委身於人。張有會真詩三十韻記其艷遇，元稹集有續會真詩三十韻，故後人謂張生即元稹。

第八，采蓮女，見前。

第九，煙中怨。煙中怨爲唐代南卓所撰。明抄《緑窗新話》曾引其文。文云：“越溪漁者女，絶色能詩，嘗有句云：‘珠簾半床月，青竹滿林風。’有謝生續云：‘何事今宵景，無人解與同。’女喜而偶之。後七年春日，忽題云：‘春盡花隨盡，其如自是花。’並謂生曰：‘逝水難駐，千萬自保。’即以首枕生膝而逝。後二年，江上煙波溶泄，見女立於江中，曰：‘吾本水仙，謫居人間，今復爲仙，後倘思郎，復謫下矣。’”

第十，離魂記。離魂記爲唐代陳玄祐所撰。記稱清河張鎰女倩娘幼與同居之鎰外甥王宙有私感，家人皆不知。後倩娘别許人，女聞之憂鬱。王亦恚恨，託詞求去。日暮，泊舟宿，夜半，忽聞一人行甚速，須臾，至舟，問之，乃倩娘也。遂匿之舟中，數月至蜀，居五年，生二子。以倩娘常念父母，遂俱歸衡州。既抵衡州，王宙先往謝罪。鎰曰：“倩娘病在閨中，何詭説邪?”宙曰：“倩娘現在舟中。”驗之果然。室中女聞之，起而相迎，忽合爲一。

毛 滂 調笑

掾 白 語

竊以緑雲之音，不羞春燕；結風之袖，若翩秋鴻。匆謂花月之無情，長寄綺羅之遺恨。試爲調笑，戲追風流。少延重客之餘歡，聊發清尊之雅興。

詩 詞

珠樹陰中翡翠兒，莫論生小被鷄欺。鸛鵲樓高蕩春思，秋瓶盼碧雙琉璃。御酥作肌花作骨，燕釵横玉雲堆髮。使梁年少斷腸人，淩波韈冷重城月。

城月。冷羅韈。郎睡不知鸞帳揭。香淒翠被燈明滅。花困釵横時節。河橋楊柳催行色。秋黛有人描得。

——崔徽

隼旟佩馬昌門西，泰娘紺幰爲追隨。河橋春風弄鬢影，桃花髻暖黄蜂飛。綉茵錦薦承回雪，水犀梳斜抱明月。銅駝夢斷江水長，雲中月墮韓香歇。

香歇。袂紅黦。記立河橋花自折。隼旟紺幰城西闕。教妾驚鴻回雪。銅駝春夢空愁絶。雲破碧江流月。

——泰娘

武寧節度客最賢，後車摛藻争春妍。曲眉豐頰亦能賦，惠中秀外誰取憐。花嬌葉困春相逼，燕子樓頭作寒食。月明空照合歡床，霓裳罷舞猶無力。

無力。倚瑶瑟。罷舞霓裳今幾日。樓空雨小春寒逼。鈿暈羅衫煙色。簾前歸燕看人立。却趁落花飛入。

——盼盼

臨邛重客蜀相如，被服容冶人閒都。上宮煙娥笑迎客，綉屏六曲紅氍毹。霰珠穿簾洞房晚，歌倚瑶琴半羞懶。天寒日暮可奈何，掛客冠纓玉釵冷。

釵冷。鬢雲晚。羅袖拂人花氣暖。風流公子來應遠。半倚瑶琴羞懶。雲寒日暮天微霰。無處不堪腸斷。

——美人賦

寒雲夜卷霜倒飛，一聲水調凝秋悲。錦靴玉帶舞回雪，丞相筵前看柘枝。河東詞客今何地，密寄軟綃三尺淚。錦城春色隔瞿唐，故華灼灼今憔悴。

憔悴。何郎地。密寄軟綃三尺淚。傳心語眼郎應記。翠袖猶芬仙桂。願郎學做蝴蝶子。去去來來花裏。

——灼灼

春風户外花蕭蕭，緑窗綉屏阿母嬌。白玉郎君恃恩力，尊前心醉雙翠翹。西廂月冷蒙花霧，落霞零亂墻東樹。此夜靈犀已暗通，玉環寄恨人何處。

何處。長安路。不記墻東花拂樹。瑶琴理罷霓裳譜。依舊月窗風户。薄情年少如飛絮。夢逐玉環西去。

——鶯鶯

白蘋谿邊張水嬉，紅蓮上客心在誰。丹山鸞雛雜鷗鷺，暮雲晚浪相逶迤。十年東風未應老。門量明珠結里媪。花房著子青春深，朱輪來時但芳草。

芳草。恨春老。自是尋春來不早。落花風起紅多少。記得一枝春小。緑陰青子空相惱。此恨平生懷抱。

——苕子

半天高閣倚晴江，使君宴客羅紈香。一聲離鳳破凝碧，洞房十三春未央。□□□□□□□，□□□□□□□。佩瑶棄置洛城東，風流雲散空相望。

相望。楚江上。縈水繚雲聞妙唱。龍沙醉眼看花浪。正要風將月傍。雲車瑶佩成惆悵。衰柳白須相向。

——張好好

破　　子

酒美。從酒貴。濯錦江邊花滿地。鸕鶿换得文君醉。暖和一團春意。怕將醒眼看浮世。不换雲芽雪水。

破　　子

花好。怕花老。暖日和風將養到。東君須願長年少。圖不看花草草。西園一點紅猶小。早被蜂兒知道。

遣　　隊

歌長漸落杏梁塵，舞罷香風卷綉茵。更擬緑雲弄清切，尊前恐有斷腸人。

毛滂　字澤民，衢州江山人。爲杭州法曹，以樂府受知蘇軾得名，嘗知武康縣，又知秀州。有《東堂詞》二卷。

此曲前有掾白語，白語即致語，所以勾隊也。掾者，致此白語之人也。後有破子，用調笑令二曲爲之。白語之後，無勾隊詩。破子之後，有遣隊詩，其中八曲皆取古人所詠美人故事爲之，與諸家體制無異。今略記所詠故事於後：

第一，崔徽，見前。

第二，泰娘，見劉禹錫泰娘歌序。其略曰："泰娘本韋尚書家主謳者。初尚書爲吴郡得之，命樂工誨之琵琶，盡得其術。後携歸，京師多善工，又捐去故技以新聲度曲。而泰娘名字往往見稱於貴游之間。元和初，尚書薨於東京。泰娘出居民間。久之，爲蘄州刺史張愻所得。其後愻坐事謫居武陵郡。愻卒，泰娘無所歸，日抱樂器而哭。客聞之，爲歌其事以續於樂府云。"其歌曰："泰娘家本閶門西，門前緑水環金堤。有時妝成好天氣，走上皋橋折花戲。風流太守韋尚書，路傍忽見停隼旗。斗量明珠鳥傳意，紺幰迎入專城居。長鬟如雲衣似霧，錦茵羅薦承輕步。學舞驚鴻水榭春，歌傳上客蘭堂暮。從郎西入帝城中，貴游簪組香簾櫳。低鬟緩視抱明月，纖指破撥生胡風。繁華一旦有消歇，題劍無光履聲絶。洛陽舊宅生草萊，杜陵蕭蕭松柏哀。妝奩蟲網厚如繭，博山爐側傾寒灰。蘄州刺史張公子，白馬新到銅駝里。自言買笑擲黄金，月墮雲中從此始。安知鵩鳥座隅飛，寂寞旅魂招不歸。秦嘉鏡有前時結，韓壽香銷故篋衣。山城少人江水碧，斷雁哀猿風雨夕。朱絃已絶爲知音，雲鬢未秋私自惜。舉目風烟非舊時，夢尋歸路多參差。如何將此千行淚，更灑湘江斑竹枝。"

第三，盼盼，見前。

第四，文君，見前。

第五，灼灼，見前。

第六，鶯鶯，見前。

第七，苕子。唐王定保《摭言》："杜牧佐宣城幕，游湖州。刺史崔君張水嬉，使州人畢觀，令牧閒行閲奇麗，得垂髫者，十餘歲。後十四年，牧刺湖州。其人已嫁，生子矣，乃悵然而爲詩。"其詩題曰嘆花。其詞曰："自恨尋芳到已遲，往年曾見未開時。如今風擺花狼藉，緑葉成陰子滿枝。"

第八，張好好。杜牧好好詩序曰：“牧太和三年，佐故吏部沈公江西幕。好好年十三，始以善歌來樂籍中。後一歲，公移鎮宣城，復置好好於宣城籍中。後二歲，爲沈著作述師以雙鬟納之。（辛延年詩：一鬟五百萬，兩鬟千萬餘。）後二歲，於洛陽東城重睹好好，感舊傷懷，故題詩贈之。”詩曰：“君爲豫章姝，十三才有餘。翠茁鳳生尾，丹葉蓮含跗。高閣倚天半，章江聯碧虛。此地試君唱，特使華筵鋪。主公顧四座，始訝來踟躕。吴娃起引贊，低徊映長裾。雙鬟可高下，才過青羅襦。盼盼乍垂袖，一聲雛鳳呼。繁絃迸關紐，塞管裂圓盧。衆音不能逐，裊裊穿雲衢。主公再三嘆，謂言天下殊。贈之天馬錦，副以水犀梳。龍沙看秋浪，明月游東湖。自此每相見，三日已爲疏。玉質隨月滿，艷態逐春舒。絳唇漸輕巧，雲步轉虛徐。旌旆忽東下，笙歌隨舳艫。霜凋謝樓樹，沙暖句溪蒲。身外任塵土，罇前極歡娱。飄然集仙客，諷賦欺相如。聘之碧瑶珮，載以紫雲車。洞閉水聲遠，月高蟾影孤。爾來未幾歲，散盡高陽徒。洛城重相見，婥婥爲當壚。怪我苦何事，少年垂白須。朋游今在否，落拓更能無。門館慟哭後，水雲秋景初。斜日掛衰柳，涼風生座隅。灑盡滿衿淚，短歌聊一書。”

洪　適　番禺調笑

勾　隊

蓋聞五嶺分疆，説番禺之大府；一尊屬客，見南伯之高情。摭遺事於前聞，度新詞而屢舞。宫商遞奏，調笑入場。

羊　仙

黄木灣頭聲哄然，碧雲深處起非煙。騎羊執穗衣分錦，快睹浮空五列仙。騰空昔日持銅虎，嘉瑞能名灼前古。羽人叱石會重來，治行於今最南土。

南土。賢銅虎。黃木灣頭騰好語。騎羊執穗神仙五。拭目摩肩爭睹。無雙治行今猶古。嘉瑞流傳樂府。

藥　洲

傳聞南漢學飛仙，煉藥名洲雉堞邊。爐寒竈毀無踪迹，古木閒花不計年。惟餘九曜巉巖石，寸寸淪漪湛天碧。畫橋彩舫列歌亭，長與邦人作寒食。

寒食。人如織。借草臨流羅飲席。陽春有脚森雙戟。和氣歡聲洋溢。洲邊藥竈成陳迹。九曜摩挲奇石。

海　山　樓

高樓百尺邇嚴城，披拂雄風襟袂清。雲氣籠山朝雨急。海濤侵岸暮潮生。樓前簫鼓聲相和，戢戢歸檣排幾柁。須信官廉蚌蛤回，望中山積皆奇貨。

奇貨。歸帆過。擊鼓吹簫相應和。樓前高浪風掀簸。漁唱一聲山左。胡床邀月輕雲破。玉麈飛談驚坐。

素　馨　巷

南國英華賦衆芳，素馨聲價獨無雙。未知蟾桂能相比，不是人間草木香。輕絲結蕊長盈穗，一片瑞雲縈寶髻。水沉爲骨麝爲衣，剩馥三熏亦名世。

名世。花無二。高壓阇提傾末利。素絲縷縷聯芳蕊。一片雲生寶髻。屑沉碎麝香肌細。剩馥熏成心字。

朝漢臺

尉佗怒臂帝番禺，遠屈王人陸大夫。只用一言回倔强，遂令魋結换襟裾。使歸已賮千金槖，朝漢心傾比葵藿。高臺突兀切星辰，後代登臨奏音樂。

音樂。傳佳作。蓋海旌幢開觀閣。綺霞飛渡青油幕。好是登臨行樂。當時朝漢心傾藿。望斷長安城郭。

浴日亭

扶胥之口控南溟，誰鑿山尖築此亭。俯窺貝闕蛟龍躍，遠見扶桑朝日昇。蜃樓縹緲擎天際，鵬翼繽翻借風勢。蓬萊可望不可親，安得輕舟淩弱水。

弱水。天無際。相去扶胥知幾里。高亭東望陽烏起。杲杲晨光初洗。蓬萊欲往事無計。一展彌天鵬翅。

蒲澗

古澗清泉不歇聲，昌蒲多節四時青。安期鶴駕丹霄去，萬古相傳此化城。依然丹竈留巖穴，桃竹連山仙境别。年年正月掃松關，飛蓋傾城賞嘉節。

嘉節。初春月。飛蓋傾城尊俎列。安期駕鶴朝金闕。丹竈分留巖穴。山中花笑秦皇拙。祠殿荒涼虛設。

貪　泉

桄榔色暗芭蕉繁，中有貪泉涌石門。一杯便使人心改，屬意金珠萬事昏。晉時賢牧夷齊比，酌水題詩心轉厲。只今方伯擅真清，日日取泉供飲器。

飲器。貪泉水。山乳涓涓甘似醴。懷金嗜寶隨人意。枉受惡名難洗。真清方伯端無比。未使吴君專美。

沉香浦

炎區萬國侈奇香，稛載歸來有巨航。誰人不作芳馨觀，巾篋寧無一片藏。飲泉太守回瓜戍。搜索越裝舟未去。薏苡何從起謗言，沉香不惜投深浦。

深浦。停舟處。只恐越裝相染污。奇香一見如泥土。投著水中歸去。令公早晚回朝著。無物遲留鳴櫓。

清遠峽

腰支尺六代難雙。霧鬢風鬟巧作妝。人間不似山間樂，身在帝鄉思故鄉。南來萬里舟初歇，三峽重過驚久别。玉環留著綴相思，歸向青山嘯明月。

明月。舟初歇。三峽重過驚久别。玉環留與人間説。詩罷離腸千結。相思朝暮流泉咽。霧瑣青山愁絶。

破　　子

南海。繁華最。城郭山川雄嶺外。遺踪嘉話垂千載。竹帛班班俱在。元戎好古新聲改。調笑花前分隊。

高會。尊罍對。笑眼茸茸回盼睞。踢筵低唱眉彎黛。翔鳳驚鸞多態。清風不用一錢買。醉客何妨倒載。

遣　　隊

十眉爭艷眼波横，蜺袖迴風曲已成。絳蠟飄花香卷穗，月林烏鵲兩三聲。歌舞既終，相將好去。

此曲所詠皆番禺古迹，今略記於後：

第一，羊仙。《太平寰宇記》謂五羊城相傳有五仙人騎五色羊執六穗秬而至，故今呼爲五羊城。即今廣州番禺縣也。

第二，藥洲。《一統志》謂藥洲在府城内。南漢時聚方士煉藥於此。

第三，海山樓。《廣東省志》謂樓在鎮南門外，宋嘉祐中，經略魏炎建，下即市舶亭。

第四，素馨巷。《捫蝨新話》謂廣中素馨以蕃巷種者尤佳。

第五，朝漢臺。《廣州記》，尉陀立臺以朝漢室。圓基千步，直峭百丈，螺道登進，頂上三畝，朔望昇拜，號爲朝漢臺。

第六，浴日亭。《一統志》謂浴日亭在扶胥鎮南，海神廟之右，小丘屹立，亭冠其巔，前瞰大海。夜半日漸自東海出，故名。

第七，蒲澗。《太平寰宇記》引裴氏《廣州記》謂甘溪澗在番禺縣，水極甘冷，又名菖蒲澗。澗中産菖蒲，一寸九節，安期生采服仙去。

第八，貪泉。晉《中興書》謂吴隱之爲刺史，自酌貪泉，題詩曰："石門有貪泉，一飲懷千金。試使夷齊飲，終當不易心。"

第九，沉香浦。《一統志》謂浦在廣州府城西，即吴隱之投沉香處。

第十，清遠峽。蘇軾峽山寺詩自注稱"《傳奇》所記孫恪袁氏事即此寺，至今人見白猿"。按《裴铏傳奇》略云："孫恪游洛，納袁氏女。後至清遠縣峽山寺，袁氏改服理鬟，持一碧玉環獻僧曰：'此院中舊物。'僧初不曉，及齋罷，有野猿數十悲嘯捫蘿而躍。袁氏命筆題一詩曰：'剛被恩情役此心，無端變化幾湮沉。不如逐伴歸山去，長嘯一聲烟霧深。'乃化猿而去。僧方悟乃爲沙彌時所豢者。玉環本胡人所施，當時亦隨猿而往。"

洪適　漁家傲引

伏以黄童白叟，皆是烟波之釣徒；青笠绿蓑，不識衣冠之盛事。長浮家而醉月，更輟棹以吟風。樂哉生涯，翻在樂府。相煩女伴，漁父分行。

詞

正月東風初解凍。漁人撒網波紋動。不識雕梁并綺棟。扁舟重。眠鷗浴雁相迎送。　溪北畫橋彎蝃蝀。溪南古岸添青葑。長把魚錢尋酒甕。春一夢。起來拈笛成三弄。

二月垂楊花糝地。荻芽迸緑春無際。細雨斜風渾不避。青笠底。三三兩兩鳴榔起。　新婦磯邊雲接袂。女兒浦口山堆髻。一擁河豚千百尾。摇食指。城中虚却魚蝦市。

三月愁霖多急雨。桃江緑浪迷洲渚。西塞山邊飛白鷺。煙横素。一聲欸乃山深處。　紅雨繽紛因水去。行行尋得神仙侣。樓閣五雲心不住。分鳳侣。重來翻恨花相誤。

四月圓荷錢學鑄。鱗鱗波暖鴛鴦語。無數燕雛來又去。魚未取。釣絲直上蜻蜓聚。　風弄碧漪摇島嶼。奇雲蘸影千峰舞。騎馬官人江上駐。天且暮。借舟送過滄浪渡。

五月河中菱荇遍。絲綸欲下相縈絆。却棹船來芳草岸。呼侣伴，蓑衣不把金章换。　碧落雲高星爛爛。波心舉網星光亂。躍出鯉魚長尺半。回首看。孤燈一點風吹散。

六月長江無暑氣。怒濤漱壑侵沙觜。飐飐輕舟隨浪起。何不畏。從來慣作風波計。　别溆藕花舒錦綺。采蓮三五誰家子。問我買魚相調戲。飄芰制。笑聲咭咭花香裏。

七月凛秋飛葉響。長吟杳杳澄江上。禿尾槎頭添一網。絲自紡。新炊菇飯更相餉。　渡口青煙藏疊嶂。岸傍紅蓼翻輕浪。鸂鶒沉浮雙漾漾。聞鳴槳。高飛拍拍穿林莽。

八月紫蓴浮緑水。細鱗巨口鱸魚美。畫舫問漁篙暫艤。欣然喜。金齏頃刻嘗珍味。　涌霧驅雲天似洗。静看星斗迎蟾桂。枕棹眠蓑清不睡。無名利。誰人分得逍遥意。

九月蘆香霜旦旦。丹楓落盡吴江岸。長瀨黄昏張蟹斷。燈火亂。圓沙驚起行行雁。　半夜繫船橋北岸。三杯睡著無人唤。睡覺只疑橋不見。風已變。纜繩吹斷船頭轉。

十月橘洲長鼓枻。瀟湘一片塵纓洗。斬得釣竿斑染淚。中夜裏。時聞鼓瑟湘妃至。　白髮垂綸孫又子。得錢沽酒長長醉。小艇短篷真活計。家雲水。更無王役並田税。

子月水寒風又烈。巨魚漏網成虚設。圉圉從他歸丙穴。謀自拙。空歸不管旁人説。　昨夜醉眠西浦月。今宵獨釣南溪雪。妻子一船衣百結。長歡悦。不知人世多離别。

臘月行舟冰鑿罅。潛鱗透暖偏堪射。歲歲年年篷作舍。三冬夜。牛衣自暖何須借。　滕六晚來方命駕。千山絶影飛禽怕。江上雪如花片下。宜入畫。一蓑披著歸來也。

破　子

漁父飲時花作蔭。羹魚煮蟹無他品。世代太平除酒禁。漁父飲。緑蓑借地勝如錦。

漁父醉時收釣餌。魚梁曬翅閒鳥鬼。白浪撼船眠不起。漁父醉。灘聲無盡清雙耳。

漁父醒時清夜永。澄瀾過盡征鴻影。略略風來欹舴艋。漁父醒。月高露下衣裳冷。

漁父笑時鶯未老。提魚入市歸來早。一葉浮家生計了。漁父笑。笑中起舞漁家傲。

遣　隊

春留冬及一年中，杜若洲邊西又東。舞散曲終人不見。一天明月一溪風。水緑山青，持竿好去。

此曲前後皆類調笑傳踏，而中間用漁家傲十二首反復歌漁父樂事，破子則用漁家傲半闋四首爲之，與鄭、晁諸家之作不同，而與曾慥《樂府雅詞》所載九張機相似。觀前勾隊詞“相煩女伴，漁父分行”之語，則亦傳踏之一種也。

無名氏　九張機二種

醉留客者，樂府之舊名；九張機者，才子之新調。憑戛玉之清歌，寫擲梭之春怨。章章寄恨，句句言情，恭對華筵，敢陳口號。

一擲梭心一縷絲，連連織就九張機。從來巧思知多少，苦恨春風久不歸。

一張機。織梭光景去如飛。蘭房夜永愁無寐，嘔嘔軋軋，織成春恨，留著待郎歸。

兩張機。月明人静漏聲稀。千絲萬縷相縈繫，織成一段，回紋錦字，將去寄呈伊。

三張機。中心有朵要花兒。嬌紅嫩緑春明媚，君須早折，一枝濃艶，莫待過芳菲。

四張機。鴛鴦織就欲雙飛。可憐未老頭先白，春波碧草，曉寒深處，相對浴紅衣。

五張機。芳心密與巧心期。合歡樹上枝連理，雙頭花下，兩同心處，一對化生兒。

六張機。雕花鋪錦半離披。蘭房别有留春計，爐添小篆，日長一綫，相對綉工遲。

七張機。春蠶吐盡一生絲。莫教容易裁羅綺，無端翦破，仙鸞彩鳳，分作兩般衣。

八張機。纖纖玉手住無時。蜀江濯盡春波媚，香遺囊麝，花房綉被，歸去意遲遲。

九張機。一心長在百花枝。百花共作紅堆被，都將春色，藏頭裹面，不怕睡多時。

輕絲。象床玉手出新奇。千花萬草光凝碧，裁縫衣著，春天歌舞，飛蝶語黄鸝。

春衣。素絲染就已堪悲。塵世昏污無顔色，應同秋扇，從兹永棄，無復奉君時。

歌聲飛落畫梁塵，舞罷香風卷綉茵。更欲縷成機上恨，尊前忽有斷腸人。斂袂而歸，相將好去。

此曲不知作者，曾慥《樂府雅詞》列入傳踏一類，蓋別體也。通首詠織婦春怨之情，與調笑傳踏以一詩一詞分詠一故事者異。此調名九張機，不見宋人他作，前九首起句三字，後二首起句二字，疑係換頭。勾隊詞曰："醉留客者，樂府之舊名；九張機者，才子之新調。"是此調本名醉留客也。然遍檢宋詞亦無醉留客之名，俟再考。其第三句疑以仄葉平，然後作又不然，未知孰是。

一張機。采桑陌上試春衣。風晴日暖慵無力，桃花枝上，啼鶯言語，不肯放人歸。

兩張機。行人立馬意遲遲。深心未忍輕分付，回頭一笑，花間歸去，只恐被花知。

三張機。吴蠶已老燕雛飛。東風宴罷長洲苑，輕綃催趁，館娃宫女，要換舞時衣。

四張機。咿啞聲裏暗顰眉。回梭織朵垂蓮子，盤花易綰，愁心難整，脈脈亂如絲。

五張機。横紋織就沈郎詩。中心一句無人會，不言愁恨，不言憔悴，只恁寄相思。

六張機。行行都是耍花兒。花間更有雙蝴蝶，停梭一晌，閒窗影裏，獨自看多時。

七張機。鴛鴦織就又遲疑。只恐被人輕裁剪，分飛兩處，一場離恨，何計再相隨。

八張機。回紋知是阿誰詩。織成一片淒涼意。行行讀遍，厭厭無語，不忍更尋思。

九張機。雙花雙葉又雙枝。薄情自古多離别，從頭到底，將心縈繫，穿過一條絲。

七、賺詞一種

〔遏雲致語〕　鷓鴣天

遇酒當歌酒滿斟。一觴一詠樂天真。三杯五盞陶情性，對月臨風自賞心。　　環列處，總佳賓。歌聲繚亮遏行雲。春風滿座知音者，一曲教君側耳聲。按聲字誤，當是聽字。

圓社市語　中吕宫　圓裏圓

〔紫蘇丸〕　相逢閒暇時，有閒的打喚瞞兒。呵喝囉聲嗽道賺厮。俺嗏，歡喜才下脚，須知和美。試問伊家有甚夾氣。又管甚官場側背。算人間落花流水。

〔縷縷金〕　把金銀錠，打旋起。花星臨照我，怎辨避。近日間遊戲。因到花市。簾兒下瞥見一個表兒圓，咱每便著意。

〔好女兒〕　生得寶妝蹺，身分美。綉帶兒纏脚，更好肩背。畫眉兒入鬢春山翠。帶著粉鉗兒，更綰個朝天髻。

〔大夫娘〕　忙入步，又遲疑。又怕五角兒衝撞我，没蹺踢。綱兒盡是札，圓底都鬆例。要抛聲忒壯，果難爲，真個費脚力。

〔好孩兒〕　供送飲三杯先入氣。道今宵打歇處把人拍惜。怎知他水脈透，不由得你。咱門只要表兒圓時，復地一合兒美。

〔賺〕　春游禁陌，流鶯往來穿梭戲。紫燕歸巢，葉底桃花綻蕊。賞芳菲。蹴秋千高而不遠，似踏火不沾地。見小池風擺荷葉戲水。素秋天氣。正玩月，斜插花枝。賞登高，佶料沙羔美。最好當場落帽，陶潛菊繞籬。仲冬時，那孩兒。忌酒怕風，帳幙中，纏脚忒稔膩。講論處，下梢團圓到底。怎不則劇。

〔越恁好〕　勘脚並打二，步步隨定伊。何曾見走衮，你於我，我與你，場場有踢。没些拗背。兩個對壘。天生不枉作一對脚頭，果然厮稠密密。

〔鶻打兔〕　從今後，一來一往，休要放脱些兒。又管甚攪閒底拽閒定白打賺厮。有千般解數，真個難比。

骨自有

〔尾聲〕　五花叢裹英雄輩。倚玉偎香不暫離。做得個風流第一。

按此曲皆用當時市語，殊難索解，句逗亦不易分別。而“骨自有”三字另爲一行，亦不解何義。其中所説皆踢毬的事。圓社乃南宋時蹴毬的團體組織，遏雲社則唱賺的組織，俱見《武林舊事》卷三及《夢粱録》卷十九。

附　周密武林舊事卷十官本雜劇段數二百八十本中用大曲、法曲、諸宫調及普通詞調各曲，共一百三十九種存目

王國維《宋元戲曲考》就周密《武林舊事》卷十所載官本雜劇段數二百八十本加以考證，謂其中“用大曲者一百有三，用法曲者四，用諸宫調者二，用普通詞調者三十有五”（按據後所載用普通詞

調者，止三十本)。今將此一百三十九本照王氏原文附録於後，以供參考。

甲、大曲一百有三本

一、六么二十本 按《宋史·樂志》、《文獻通考·教坊部》十八調中中吕調、南吕調、仙吕調均有緑腰大曲，六么即其略字也。

争曲六么　扯攔六么　教鰲六么　鞭帽六么　衣籠六么　厨子六么　孤奪旦六么　王子高六么　崔護六么　骰子六么　照道六么　鶯鶯六么　大宴六么　驢精六么　女生外向六么　慕道六么　三偌慕道六么　雙攔哮六么　趕厥六么　羹湯六么

二、瀛府六本《宋史·樂志》及《通考·教坊部》十八調中正宫、南吕宫中均有瀛府大曲。

索拜瀛府　厚熟瀛府　哭骰子瀛府　醉院君瀛府　懊骨頭瀛府　賭錢望瀛府

三、梁州七本《宋史·樂志》及《通考·教坊部》十八調中正宫、道調宫、仙吕宫、黄鐘宫均有梁州大曲。

四僧梁州　三索梁州　詩曲梁州　頭錢梁州　食店梁州　法事饅頭梁州　四哮梁州

四、伊州五本《宋史·樂志》及《通考·教坊部》十八調越調、歇指調中均有伊州大曲。

領伊州　鐵指甲伊州　鬧伍伯伊州　裴少俊伊州　食店伊州

五、新水四本《宋史·樂志》及《通考·教坊部》十八調雙調中有新水調大曲，新水即新水調之略也。

桶擔新水　雙哮新水　燒花新水　新水爨

六、薄媚九本《宋史·樂志》及《通考·教坊部》十八調道調宫、南吕宫中均有薄媚大曲。

簡帖薄媚　請客薄媚　錯取薄媚　傳神薄媚　九妝薄媚　本事現薄媚　打調薄媚　拜褥薄媚 鄭生遇龍女薄媚

七、大明樂三本《宋史·樂志》及《通考·教坊部》十八調大石調中有大明樂大曲。

土地大明樂　打毬大明樂　三爺老大明樂

八、降黄龍五本 案《宋史·樂志》及《通考·教坊部》大曲中無降黄龍之名，然張炎《詞源》卷下云："如六么，如降黄龍皆大曲。"又云："大曲降黄龍花十六當用十六拍。"今董西厢及北曲均有降黄龍衮一調。衮者，大曲中一遍之名，則此五本爲大曲無疑。

列女降黄龍　雙旦降黄龍　柳玭上官降黄龍　入寺降黄龍
榆標降黄龍

九、胡渭州四本《宋史·樂志》及《通考·教坊部》十八調小石調、林鐘商中均有胡渭州大曲。

趕厥胡渭州　單番將胡渭州　銀器胡渭州　看燈胡渭州

十、石州三本《宋史·樂志》及《通考·教坊部》十八調越調中有石州大曲。

單打石州　和尚那石州　趕厥石州

十一、大聖樂三本《宋史·樂志》及《通考·教坊部》十八調道調宫中有大聖樂大曲。

塑金剛大聖樂　單打大聖樂　柳毅大聖樂

十二、中和樂四本《宋史·樂志》及《通考·教坊部》十八調黄鐘宫中有中和樂大曲。

霸玉中和樂　馬頭中和樂　大打調中和樂　封隲中和樂

十三、萬年歡二本《宋史·樂志》及《通考·教坊部》十八調中吕宫中有萬年歡大曲。

唱貼萬年歡　托合萬年歡

十四、熙州三本 案《宋史·樂志》及《通考·教坊部》十八調四十大曲中無熙州之名。然洪邁《容齋隨筆》卷十四云："今世所傳大曲皆出於唐，而以州名者五，伊、涼、熙、石、渭也。"周邦彦《片玉詞》有氐州第一詞，毛晉注《清真集》作熙州摘遍。是氐州即熙州；摘遍者，謂摘大曲之一遍爲之。亦宋人語，則熙州之爲大曲審矣。

迓鼓熙州　駱駝熙州　二郎熙州

十五、道人歡四本《宋史·樂志》及《通考·教坊部》十八調中吕調中有道人歡大曲。

大打調道人歡　會子道人歡　打拍道人歡　越娘道人歡

十六、長壽仙三本《宋史·樂志》及《通考·教坊部》十八調般涉調中有長壽仙大曲。

打勘長壽仙　偌賣旦長壽仙　分頭子長壽仙

十七、劍器二本《宋史·樂志》及《通考·教坊部》十八調中吕宫、黄鐘宫中均有劍器大曲。

病爺老劍器　霸王劍器

十八、延壽樂二本《宋史·樂志》及《通考·教坊部》十八調仙吕宫中有延壽樂大曲。

黄傑進延壽樂　義養娘延壽樂

十九、賀皇恩二本《宋史・樂志》及《通考・教坊部》十八調林鐘商中有賀皇恩大曲。

扯籃兒賀皇恩　催妝賀皇恩

二十、采蓮三本《宋史・樂志》及《通考・教坊部》十八調雙調中有采蓮大曲。

唐輔采蓮　雙哮采蓮　病和采蓮

二十一、保金枝一本《宋史・樂志》及《通考・教坊部》十八調仙吕宫中有保金枝大曲。

檻偌保金枝

二十二、嘉慶樂一本《宋史・樂志》及《通考・教坊部》十八調小石調中有嘉慶樂大曲。

老孤嘉慶樂

二十三、慶雲樂一本《宋史・樂志》及《通考・教坊部》十八調歇指調中有慶雲樂大曲。

進筆慶雲樂

二十四、君臣相遇樂一本《宋史・樂志》及《通考・教坊部》十八調歇指調中有相遇樂大曲。相遇樂，即君臣相遇樂之略也。

裴航相遇樂

二十五、泛清波二本《宋史・樂志》及《通考・教坊部》十八調林鐘商中有泛清波大曲。

能知他泛清波　三釣魚泛清波

二十六、彩雲歸二本《宋史・樂志》及《通考・教坊部》十八調仙吕調中有彩雲歸大曲。

夢巫山彩雲歸　青陽觀碑彩雲歸

二十七、千春樂一本《宋史・樂志》及《通考・教坊部》十八調黄鐘羽中有千春樂大曲。

禾打千春樂

二十八、罷金鉦一本《宋史・樂志》及《通考・教坊部》十八調南吕調中有罷金鉦大曲。

牛五郎罷金鉦原作罷金征，誤也。

以上百有三本皆爲大曲，其爲曲二十有八，而其中二十六在教坊部四十大曲中，餘如降黄龍、熙州二曲之爲大曲，亦有宋人之説可證也。

乙、法曲四本

棋盤法曲　孤和法曲　藏瓶法曲　車兒法曲

《宋史·樂志》有法曲部，其曲二：一曰道調宮望瀛，二曰小石調獻仙音。《詞源》卷下謂“大曲片數（即遍數）與法曲相上下”，則二者略相似也。

丙、諸宮調二本

諸宮調霸王　諸宮調卦册兒

按此即以諸宮調填曲也。

丁、普通詞調三十本

打地鋪逍遥樂　病鄭逍遥樂　崔護逍遥樂　瀍湎逍遥樂　四鄭舞楊花　四偌滿皇州（原脱滿字）　浮漚暮雲歸　五柳菊花新　四季夾竹桃　醉花陰爨　夜半樂爨　木蘭花爨　月當廳爨　醉還醒爨　撲蝴蝶爨　滿皇州卦鋪兒　白苧卦鋪兒　探春卦鋪兒　三哮好女兒　二郎神變二郎神　大雙頭蓮　小雙頭蓮　三笑月中行　三登樂院公狗兒　三教安公子　普天樂打三教　滿皇州打三教　三姐醉還醒　三姐黄鶯兒　賣花黄鶯兒

以上所録，皆據王國維的考證。王氏謂此等曲調“其用大曲、法曲、諸宮調者，則曲之（片）遍數多，以敷衍一故事，自覺不難，其單用詞調及曲調者（王氏於普通詞調三十本後，又有‘其不見宋詞而見於金元曲調者九本’一條，今因其皆出於宋代戲曲之後者，故未録），只有一曲，當以此曲循環敷演如上章傳踏之例”。又謂“此二百八十本不皆純正之戲劇，如打調薄媚、大打調中和樂、大打調道人歡三本，則劉昌詩《蘆浦筆記》卷三謂街市戲謔有打砌、打調之類，實滑稽之支流而佐以歌曲者也。如……三教安公子、……普天樂打三教、滿皇州打三教……則演前章所述三教人者也（王氏曲考前章有三教一條，引《東京夢華録》卷十‘十二月即有貧者三教人爲一火，裝婦人、神鬼，敲鑼擊鼓巡門乞錢，俗呼爲打夜胡’）。迓鼓兒熙州、迓鼓兒，則前章所云訝鼓之戲也（王氏曲考有訝鼓一條，引《續墨客揮犀》卷七記王子醇教軍士爲訝鼓戲，及《朱子語類》卷一百三十九一條，見前論演奏節目第六條）。天下太平爨及百花爨，則《樂府雜録》所謂字舞、花舞也”。王氏最後總結，謂“宋代戲劇實綜合種種之雜戲，而其戲曲亦綜合種種之樂曲”。其説合於藝術演進之規律。但即此一百三十九本中，其名義不易理解者尚多，此事尚有待於深入研究，今姑且存其目於此，以待有志於此者之參考。

元人散曲選

目　録

元人散曲選

序　論

散曲者，詩餘之流衍，而戲曲之本基也。其體有二：一曰小令，或稱葉兒。

元燕南芝庵《唱論》曰：“成文章曰樂府，有尾聲名套數，時行小令喚葉兒。”見涵虛子《太和正音譜》。

二曰散套，或稱套數。又或以散曲爲小令之專稱，

明周憲王朱有燉《誠齋樂府》二卷，前卷小令題曰“散曲”，後卷散套題曰“套數”是也。

則對成套之曲而稱散也。或以大令爲散套之別號，

明馮惟敏《海浮山堂詞稿》四卷，卷一皆散套，題曰“大令”是也。

則對不成套之曲而稱大也。又或統稱樂府，

如馬致遠《東籬樂府》、楊朝英選《太平樂府》、朱有燉《誠齋樂府》，皆包小令與散套言也。

或統稱詞，

如前舉馮惟敏《海浮山堂詞稿》及明人所編《南北宮詞紀》實皆曲是也。

或亦稱詞餘。

《千頃堂書目》有《金元詞餘》十卷是其例也。

又或以樂府專屬散套，

王驥德《曲律》曰："套數之曲，元人謂之樂府。"是也。

或以樂府概括戲曲。

《太和正音譜·古今群英樂府格勢》所舉元一百八十七人，又一百五十人，皆兼戲曲家、散曲家而論之。又云："子昂趙先生曰：'娼夫之詞，名曰"緑巾詞"。'其詞雖有切者，亦不可以'樂府'稱也，故入於娼夫之列。"皆其證也。

綜而論之：散曲者，兩種之總名，所以别於有科白、有組織，且演故事之成套戲曲也。稱樂府者，所以别於坊市俚歌、娼夫緑巾詞也。稱詞或詞餘者，詞之初名，對聲律而立，略聲舉詞，以偏名而爲通名也。

沈括《夢溪筆談》："古樂府皆有聲有詞，連屬書之，如曰賀賀賀、何何何之類，皆和聲也。"張惠言《詞選序》："詞者，蓋出於唐之詩人采樂府之音以製新律，因係其詞，故曰詞。"

又本宋詞之流衍，亦猶詞爲詩之流衍而名詩餘也。其命名定義，大氐如此。

散曲由詞衍變之迹，雖無可考，然北宋之末，詞家如辛稼軒、劉改之諸家，已解放詞體，辛則入於豪肆之途，劉則工於側艷之語。

按改之與稼軒游，填詞學稼軒語，後世有以辛、劉並舉者，實非也。

故況夔笙《蕙風詞話》曰："劉改之詞格，本與辛幼安不同。……其激昂慨慷諸作，乃刻意橅擬幼安。"陳亦峰《白雨齋詞話》亦曰："改之全學稼軒皮毛，不則即爲《沁園春》等調，淫詞褻語，污穢詞壇。"陳氏所譏，乃指改之詠美人足、美人指甲二調。此外，如《竹香子·同郭季端訪舊不遇有作》、《清平樂·贈妓》，尤與元代散曲沆瀣相通。今録於次，以窺風會之流變。

沁園春　美人指甲

銷薄春冰，碾輕寒玉，漸長漸彎。見鳳鞋泥污，偎人强剔；龍涎香斷，撥火輕翻。學撫瑶琴，時時欲剪，更掬水魚鱗波底寒。纖柔處，試摘花香滿，鏤棗成斑。　　時將粉淚偷彈。記綰玉曾教柳傅看。算恩情相著，搔便玉體；歸期暗數，劃遍闌干。每到相思，沉吟静處，斜倚朱唇皓齒間。風流甚，把仙郎暗掐，莫放春閒。

前調　美人足

洛浦凌波，爲誰微步，輕塵暗生。記踏花芳徑，亂紅不損；步苔幽砌，嫩緑無痕。襯玉羅慳，銷金樣窄，載不起、盈盈一段春。嬉游倦，笑教人款捻，微褪些跟。　　有時自度歌聲。悄不覺、微尖點拍頻。憶金蓮移换，文鴦得侣；綉茵催衮，舞鳳輕分。懊恨深遮，牽情半露，出没風前煙縷裙。知何似？似一鈎新月，淺碧籠雲。

竹香子　同郭季端訪舊不遇有作

一琐窗兒明快。料想那人不在。薰籠脱下舊衣裳，件件香難賽。　　匆匆去得忒煞。這鏡兒、也不曾蓋。千朝百日不曾來，没這些兒個采。

清平樂　贈妓

忺憎憎地。一捻兒年紀。待道瘦來肥不是。宜著淡黄衫子。

脣邊一點櫻多。見人頻斂雙蛾。我自金陵懷古，唱時休唱《西河》。

而元祐間王齊叟、政和間曹元寵，皆以滑稽語噪河朔，則又以嫚戲污賤爲詞，益與曲沆瀣矣。

曹元寵有《憶瑶姬》一詞，録後以見一斑。

憶瑶姬

雨細雲輕，花嬌玉軟，於中好個情性。争奈無緣相見，有分孤零。香箋細寫頻相問。我一句句兒都聽。到如今，不得同歡，伏惟與他耐静。　　此事憑誰執證？有樓前明月，窗外花影。拚了一生煩惱，爲伊成病。只恐更把風流逞。便因循、誤人無定。恁時節、若要眼兒厮覷，除非會聖。

按元寵以《紅窗迴》一詞得名，一時作此詞者甚多。曹東畝有《紅窗迴》一詞，今録後，亦可見爾時風氣。

紅窗迴　赴試步行戲作慰足

春闈期近也，望帝鄉迢迢，猶在天際。懊恨這一雙脚底，一日厮趕上五六十里。　　争氣。扶持我去，博得官歸，恁時賞你。穿對朝靴，安排你在轎兒裏。更選個、宫様鞋，夜間伴你。

此外如王齊叟、張袞臣、邢俊臣諸人，皆有滑稽無賴之作，是豪肆側艷之外，復有滑稽一流也。

而其前則有耆卿柳氏，務敷衍麗情，馳譽一世。《樂章》一集，屢見稱於散曲中，固已儼然爲之開宗矣。

貫雲石《酸齋樂府》中《越調鬥鵪鶉》套第三曲《調笑令》云："柳七《樂章集》，把臂雙歌真先味。"是其證。此外，如《董解元西厢記》卷六《大石調玉翼蟬》："縱有千種風情，何處説?"即明用柳詞《雨霖鈴》句，皆足見柳七所作與金、元曲家關係之切矣。

餘人如山谷、少游，皆喜以方言俚語入詞。而東坡豪俊雄邁之作，尤盛行於金源，遺山實倡導之。蘇、辛之詞，至元代猶能傳唱士夫間，故楊朝英選《陽春白雪》，首列坡翁之《念奴嬌》。夫詞家素以蘇、辛格高體變，耆卿格卑體正相標目，蓋詞以柔麗爲宗，而二家以豪肆爲之也。乃金源之際，正變兩家，已於杳冥無朕之中，異轡同途，衍化新體，卒乃蔚爲奇觀，嶄然自見。而南宋名家，如姜、史、吴、張，則方務返其本，嚴其矩矱，防其踰逸，其力勤，其識卓，雖能中興詞運，而詞域與國土，同有日蹙百里之嘆。迨至明、清之際，已在若存若亡之列。其不爲漢魏樂府之續者，猶賴其聲律有萬紅友、戈順卿二家倡之於前，王半塘、鄭叔問諸公講之於後耳。此中消息雖微，而尋繹之，固彰彰可見。此其大勢所趨，蓋亦窮變自然之理，非人力所能勉强者，亦論文者所當知也。

散曲之源，既若前述，則其體制之成，首在解放詞體。故其爲之也，有與詞家大異者。兹就元人散曲觀之，約有四端。一曰豪辣。豪辣者，氣高而情烈，其言也，噴薄銛鋭，鞭辟入裏之謂也。二曰宏肆。宏肆者，揮斥八極，横放傑出，絶無顧借之謂也。此二者，蓋有得夫陽剛之美者。三曰鮮麗。鮮麗者，生香真色，如出水芙渠、浣紗西子，天然去雕飾之謂也。四曰流利。流利者，圓轉自如，若明珠走盤、彈丸脱手之謂也。此二者，蓋有得夫陰柔之美者。夫陽剛、陰柔者，文學之通性，今獨以之論元人散曲者，惟散曲作者爲能造其極，爲能盡其用也。抑猶有進者，散曲作者，雖能盡斯二者之用，斯二者猶未足以包散曲之全。苟核而論之，散曲之中，蓋有陰剛與陽柔者焉。陰剛之喻，如霜月淒魂，冰澌折骨。陽柔之喻，如炎曦麗物，烈火鎔金。夫俯仰古今，發攄感慨，易入雄肆，或則蒼涼。而元人爲之，則多寒峭。寒峭者，陰剛也。張可久尤多此類。李中麓許爲清勁，尚隔一塵。如《折桂令·湖上懷古次疏齋學士韻》曰：

柳駝腰繫我詩艖。趁夜雪歸鴻，暮苑啼鴉。緑樹秋千，青山鐘鼓，畫舫琵琶。銅雀臺邊破瓦，金魚池上殘花。誰見繁華？采藥仙翁，賣酒人家。

又《醉太平·懷古》曰：

翩翩野舟，泛泛沙鷗。登臨不盡古今愁，白雲去留。鳳凰臺上青山舊，秋千墻裏垂楊瘦，琵琶亭畔野花秋，長江自流。

《普天樂·道情》曰：

北邙煙，西州淚。先朝故家，破塚殘碑。樽前有限杯，門外無常鬼，未冷鴛幃合歡被。畫樓前玉碎花飛。悔之晚矣，蒲團紙帳，歸去來兮。

凡此所舉，皆以冷雋之筆，寫感喟之情，故與雄肆蒼涼者，俱異其趣也。至元人摹繪麗情之作，則多陽柔之音。蓋南人之賦情也，或含思悽惋，或悱惻傷情，務極纏綿宛轉之致。北人伉直，不習爲此，故雖别情閨思之作，時挾深裘大馬之風。不知者或譏其拙，實乃“樂歌土風”，自然之理。北曲因此，别饒風味。求之於古，則北朝樂府，與之彷彿。今略舉數首，用實吾言。以彼證此，庶無惑乎？《折楊柳枝歌》曰：“門前一株棗，歲歲不知老。阿婆不嫁女，那得孫兒抱？”又曰：“問女何所思？問女何所憶？阿婆許嫁女，今年無消息。”此懷春之詞也，持與“臨妝欲含涕，羞畏家人知。還持粉中絮，擁淚不聽垂”（姚翻《代陳慶之美人爲詠》）相比，其伉爽快利，與掩抑淒其，迥然不同。又曰：“腹中愁不樂，願作郎馬鞭。出入擐郎臂，蹀坐郎膝邊。”《地驅樂歌》曰：“月明光光星欲墮，欲來不來早語我。”《捉搦歌》曰：“誰家女子能行步，反著夾禪後裙露。天生男女共一處，願得兩個成翁嫗。”其直樸坦率，與《子夜》、《讀曲》諸章之婉孌悽咽者，亦自不同。元曲諸家，於此尤擅勝場。如馬致遠《四塊玉》詠天台曰：

采藥童，乘鸞客。怨感劉郎下天台。春風再到人何在？桃花又不見開。命薄的窮秀才，誰教你回去來。

王鼎《驀山溪·冬閨》散套第二曲曰：

人已静，夜將闌，不信今宵又。大抵爲人圖甚麽，彼各青春年幼。似恁的厮禁持，兀的不白了人頭！

又《雁過南樓煞》曰：

問着時只辦着擺手，罵着時悄不開口。放伊不過耳朵兒扭。你道不曾共外人歡偶。把你愛惜前程，遥指定梅梢月兒咒。

吕止庵《醉扶歸》曰：

有意同成就，無意大家休。幾度相思幾度愁，風月虚遥授。你若肯時肯，不肯時罷手。休把人空拖逗。

鍾嗣成《清江引》賦情曰：

夜長怎生得睡著，萬感縈懷抱。伴人瘦影兒，惟有孤燈照。

長吁氣一聲吹滅了。

凡此所舉，皆賦麗情而毗於陽柔者也。至若沉着痛快，哀感頑艷，固詞曲所同尚，而曲尤得力於痛快頑艷者獨多。其有風流蘊藉，含蓄不盡者，要已不能出詞家之牢籠，遂亦不能稱曲家之獨造。蓋自來文家於此一端，已盡態極妍，後來者無以易之。惟其如此，故曲乃别啓土宇，與之争霸，終乃并吞八方，囊括千古焉，豈非文家之奇觀哉！世人但見元曲尚自然，重本色，以爲異於往轍，雖得之而未盡也。

元人散曲之所以蔚此奇采者，固由文體窮變之勢使然，而時代所關，亦至重要。蓋汴、洛本漢、唐文物最盛之邦，北宋之初，猶能繼軌前代，增華曩時。一旦宗社遷移，淪爲異域，北方人士，已失去此文化之中樞。及金、元相繼入主，中原人士，望霓旌之無日，傷漢儀之難睹，又自深其摧痛冤結之情。而元之初盛，挾其金戈鐵馬之勢，蹂躪中原，幾不知聲名文物之足貴。昔時豐鎬，今化胡沙，血氣之倫，尤增哀憤。於是沉霾厄塞，與日俱深。加以異種驍雄，猜忌漢人。情既熾烈，法亦嚴酷。於是才人志士，既懾其威力，復沉抑下僚，乃入於放浪縱逸之途，而悲歌慷慨之情，遂一發之酒邊花外徵歌選色之中。

按關漢卿，太醫院尹。馬致遠，江浙行省務官。張可久，以路吏轉首領官。鄭德輝，杭州小吏。高文秀，府學生。李文蔚，江州路瑞昌縣尹。李壽卿，縣丞。宫大用，釣臺山長。張國賓，喜時營教坊勾管。

故寫懷，則崇五柳而笑三閭；言志，則美嚴陵而悲子胥。其放浪縱逸之極，或甘沉湎，或思高蹈。飲酒則必如劉伶之荷鍤，輕世則必如許由之掛瓢。又或鳳帳鴛衾，極男女暱褻之致；爇香剪髮，窮彼此相思之情。傳神寫態，必寸肌寸容而盡妍；繪影摹聲，無一言一動之或諱。鑄詞則雅言與俚語齊觀；用事則經史偕小説同量。舉凡曩時文家所禁避、所畏忌者，無不可盡言之。而其弊也，卒蒙奇穢至俚之誚，幾至無以自存於天壤。時至今日，其湮没淪佚者，蓋不知若干矣。雖然，當時作者，原不過抒其鬱抑無聊之思，初不存傳世久遠之念，彼輩視人生如蜉蝣之暫寄，又何聲名之足惜。其情似曠達，實亦至可哀痛矣。

雖然，有一事焉，讀曲之士，所不容忽視者，姑發其凡於此。史乘所書，易代之事，雖其例至夥，大都乘時竊起者，皆有所憑藉。由匹夫而躋天子之位者，惟漢之劉邦與明之朱元璋耳。彼二人者，所遇之朝，皆至强至大，其傾覆也，亦皆至速至易。此固由其所施爲者，有召亂致亡之道，要必當時之人，皆懷起而仆之之心。故一旦禍發，遂如火之燎原，争舉其牢籠而破滅之，其勢乃莫之夭遏。苟求其時之人所以有起而仆之之心者何在，則必其前之壓抑甚嚴，其箝制人心之力甚厚，而人之鬱抑之情，積而日深；一日箝制之樞壞，壓抑之勢摇，於是久鬱之氣，必乘時而求伸，此證之於尋常物理而可知者也。明夫此，則嬴秦與蒙元崩潰之故，思過半矣。雖然，必有物焉，於無形無朕之中，震撼之，鼓盪之。而後鬱抑之氣，不以積威之漸而至於消失，不以綿歷之久而極於澌滅，此又論世之士所當窮究者也。使此論而無誤者，則秦、元之亡，非亡於劉、朱勢盛之時，而亡於屈子行吟、關馬諸君悲歌之際矣。史稱秦滅諸侯，楚最無罪。楚民疾秦之甚，可於南公三户之謡見之。屈子以忠義之情，發爲激越之調，楚人讀之，其悲憤不平之狀，蓋亦不難想象得之。況陳涉、吴廣、項梁、劉邦之初起，皆必假楚後相號召，固史實昭然邪！至項羽“拔山”之歌、漢高“大風”之詩，皆爲楚聲，此則文學潛移默化之力，固有不期然而然者。然則謂秦皇萬世之業，爲屈子文章所震撼而傾移，非虚語矣。元代散曲作家，影響當世人心之迹象，雖不如屈子之顯著，其所表見之情，雖不如屈子之忠義激烈，而往往流入放逸頽廢，嫚戲污賤；惟其體制爲樂曲，又多用俚語爲之，其作家至夥，地域之分佈復至廣，故其入人之易、及人之衆，殊勝屈賦。且其情雖若放逸頽廢，嫚戲污賤，無故國故君之思，然其磊落不平之氣，與夫輕帝王，卑爵禄，賤權勢之念，已足以摧陷箝制之樞，摇動壓抑之勢矣。加以民氣僨張之中，復有禹甸淪胥之痛，以較楚之怨秦，又自不同矣。茲卷所録諸家之作，如東籬之《撥不斷》、《金字經》，仁甫之

《寄生草》，夢符之《燕引雛》，醜齋之《清江引》，皆足證成此論。其尤雄放傑出，久爲世人所傳誦者，則莫如東籬《夜行船·秋思》套，舉古今帝王豪傑、富貴功名，而螻蟻塵垢之，此其言而中於人心，安得不有干冒一切而自肆其志者乎！而睢景臣《哨遍·高祖還鄉》一套，其輕視帝王之心，從鄉愚目中口中，曲曲繪出，尤爲滑稽之雄。孰謂嫚戲污賤不如忠義激烈乎！至如東籬《哨遍》套《耍孩兒》第三曰：

有一片凍不死衣，有一口餓不死食。貧無煩惱知閒貴。譬如風浪乘舟去，争似田園拂袖歸。本不愛争名利，嫌貧污耳，與鳥忘機。

《女冠子》套《黄鐘尾》結句曰：

便似陸賈隨何，且須緘口。著領布袍雖故舊，仍存兩枚寬袖，且遮藏著釣鰲攀桂手。

周仲彬《鬥鵪鶉·自悟》套《聖藥王》曰：

我近七十，恰省的，老而不死是爲賊。問甚鹿道做馬，鳳喚做鷄。葫蘆今後大家提，别辨個是和非。

張鳴善《水仙子·譏時》曰：

鋪眉苫眼早三公，裸袖揎拳享萬鍾，胡言亂語成時用。大綱來都是烘，説英雄誰是英雄？五眼鷄，岐山鳴鳳。兩頭蛇，南陽卧龍。三脚猫，渭水飛熊。

雖語似曠達，而譏時疾世之懷，凛然森然，芒角四出，可謂怨而至於怒矣。當時之士氣如此，民情怨毒之甚，蓋可知矣。又如夢符越游懷古衆作、小山湖上即事諸章，一則慨慷悲酸，如易水之死别；一則泠峭清越，如蕭寺之晨鐘：皆所以致亡國之哀思，發《黍離》之隱痛者。三閭《哀郢》，楚社猶存，以彼較此，孰爲悲苦？然則，雖謂湖廣、燕南篝火之衆，士誠、友諒揭竿之兵，實關、王、馬、鄭諸賢歌曲有以驅使之，亦不爲過矣。雖然，文學之士，發爲詩歌，欲以起衰敝，發忠憤，於亡國破家之後，其效否殊不可必。萬一彼箝制之樞終不可摇，壓抑之勢終不可移，或且求爲元曲諸家之所爲而終不可得，則又何從激發忠烈而摧陷傾覆之邪！此又讀元曲者所當深省，處危世者所當驚心者矣！《鴟鴞》之詩曰："迨天之未陰雨，徹彼桑土，綢繆牖户。今女下民，或敢侮予！"其此之謂乎！其此之謂乎！

元、明論曲諸家，如周德清之《作詞十法》，係爲散曲而言。十法者，一曰知韻，二曰造語，三曰用事，四曰用字，五曰入聲作平聲，六曰陰陽，七曰務頭，八曰對偶，九曰末句，十曰定法也。定法之中，選小令三十六首、套曲一首。其詳見《中原音韻》，是爲元人論曲極有條貫之書。

近人任君中敏有《十法疏證》，甚佳。

明涵虚子《太和正音譜》則於唱法、譜式、作家，皆詳具之。此外零星論著者尚多，而王驥德《曲律》爲最佳。《曲律》卷三，有論曲禁四十條，作曲者咸所遵用。近賢吴君瞿庵、許君守白論曲（吴説見《詞餘講義》，許説見《曲學研究》），皆有引申，亦皆精湛。又有《論散套》、《論小令》、《論詠物》、《論俳諧》、《論尾聲》各篇，皆碻有所見。而《雜論》一篇，尤多精語。如曰：

> 晋人言"絲不如竹，竹不如肉"，以爲漸近自然。吾謂詩不如詞，詞不如曲，故是漸近人情。夫詩之限於律與絶也，即不盡於意，欲爲一字之益，不可得也。詞之限於調也，即不盡於吻，欲爲一語之益，不可得也。若曲，則調可累用，字可襯增。詩與詞不得以諧語方言入，而曲則惟吾意之欲至，口之欲宣，縱横出

入無之而無不可也。故吾謂快人情者，要毋過於曲也。

又曰：

作曲如美人，須自眉目齒髮，以至十筍雙鈎，色色姸麗，又自笄黛衣履，以至語笑行動，事事襯副，始可言曲。

又曰：

作閨情曲而多及景語，吾知其窘矣。此在高手，持一情字，摸索洗發，方挹之不盡，寫之不窮，淋漓渺漫，自有餘力，何暇及眼前與我相二之花鳥烟雲，俾掩我真性、混我寸管哉！世之曲詠情者强半，持此律之，品力可立見矣。

綜此三條觀之，其論曲之勝於詩與詞，在能盡意盡言，此語固足闡明曲之性質與作法，又足考見曲之體制與韻律。蓋曲之妙用，在從極嚴密之矩矱中，寓極自由之杼柚。以言作法，則求合第二條所論，似極難矣。然曲有無不可出口之詞，無不可下筆之字，難達之情、難狀之景，得此已大供足其驅遣。而句法長短、字數單偶，又極盡參伍錯綜之能。不足，則更以襯字調濟之。其用韻也，平仄既可通押，入聲又派入三聲，而取用之字乃廣泛無際。故宮譜聲譜之限制雖嚴，而行文遣詞之變化無限。作者苟能耳目湛明，志氣虛静，則臨文之際，安得不有“縱橫出入無之而無不可”之樂哉！至云“持一情字，摸索洗發，方挹之不盡，寫之不窮”，尤爲造微妙論。不但曲爲然，一切文藝亦莫不然。常論雖有詠物、寫景之別，實則無非人情之反映。且無論抒一己之情，或寫他人之情，實則一普遍之情耳。無論爲男女之情，或爲朋友之情，實則一公共之情耳。苟其情真而摯，則其形諸文者，但患其不能窮盡，更安暇以花鳥煙雲，搪塞粉飾之哉！然王氏之論，固明曲之爲物，在本色，在白描，不可以景物裝點。而以景物裝點者，往往自遁於比興之義，此其弊在詩詞亦所同忌。然即此可見曲之體性，乃六義賦之滋育。賦之爲用，本至廣博，迨曲家用之，乃造其極。

劇曲固然，散曲亦無不然。

此外，則惟小説家耳。惟其如此，故務以鋪布爲義。鋪布云者，即王氏所謂“摸索洗發”也。賦家妙用，在直陳其事，而感化自見。戲曲小説，皆莫能外此。散曲之賦情，不重比興，而貴本色，亦何莫非此。然則，此三條所論，誠曲家之南針矣。他若陶宗儀《輟耕録》所載夢符“鳳頭”、“猪肚”、“豹尾”之説，亦曲家之六字真言也。夢符之言曰：“鳳頭者，起要美麗也。猪肚者，中要浩盪也。豹尾者，結要響亮也。”六字中涵三義。短章之小令，長篇之套數，以及聯套之雜劇傳奇，皆當如是。且不但曲然，一切文藝皆然，而賦家尤爲必然。試以此義讀漢人長篇之賦，如孟堅之《兩都》、平子之《二京》，下至齊梁小賦，若文通《恨》、《别》諸篇，亦皆如此也。故知文學之爲藝，異之中有同焉。知其異之所在，明其同之所以，自體正而義顯矣。

散曲義藴，已如上述，至其所用牌調，具諸曲譜。其聯絡各調以成一套，亦有定法。

近人周君明泰有《元明樂府套數舉略》一書，可資初學參考。

取古人成式用之，自無疵病。至散曲之用，與唐詩、宋詞，初無二致。舉凡抒情寫景，懷古詠物，慶弔投贈之作，皆可用之。散曲雖非扮演故事之劇曲，然以其可連章疊用之故，遂亦有以之詠事記言者。如西厢十詠（見《雍熙樂府》）、摘翠百詠小春秋（見《雍熙樂府》）是也。前者以《滿庭芳》一調，分詠張生、鶯鶯、紅娘、夫人、法聰、杜確、鄭恒、孫虎及《西厢記》作者關漢卿、王實甫十人。此猶是詩詞分詠體也。後者以《小桃紅》百首，詠《西厢記》故事，自張生離洛至崔、張團圓止。每首以四字標題，如“紅行囑鶯”、“夫人責紅”等，類戲曲而無科白，似散套而全體一調，又調各一韻。此其詠事記言，有非詩詞所能勝任者矣。然猶是用一調爲之者。又有用數調相間以詠事記言者，如王日華之《雙漸小卿問答》十六首（見《樂府群玉》），以《慶東原》、《天香引》、《鳳引雛》、《淩波仙》四調相間，以記問答之詞。從“黄肇退狀”起，至“問官擬議”止，除一起一結外，共七問七答，蓋以記法官審問，及諸人答辯之語也。全體不用尾聲，各調又不限一韻，則異套曲。不用科白，更無扮演，則非劇曲。然此猶是小令也。至散套之結構，則起訖開闔、正襯字句、前後脈絡、彼此聯貫，皆有法度，大體已同於劇曲中之套數，但無科白，不用扮演耳。試以元人散曲之用，較唐宋人詩詞之用，其顯有進境者，莫如詠事。約舉之有兩端焉。詩中雖有長篇記事之作，詞中雖有聯章分詠之體，

如大曲董穎之《薄媚》、曾布之《水調歌頭》、趙令畤之《商調蝶戀花》以及無名氏、鄭僅、秦觀等之轉踏。

惟以字句整飭，措辭雅潔之故，未能生動自然。一也。賦家雖以鋪布爲體，然鋪布之類有二：一曰横鋪，二曰直布。横鋪者，平列枚舉，無時間之聯貫者也；直布者，原始要終，具一事之端末者也。詩詞之用賦，每多取横鋪之法，而散曲則習用直布之體。二也。

横鋪之式，亦有存於雜劇套曲中者，凡曲中分寫春夏秋冬之景，或平列漁樵耕讀之事者是。

惟其如此，故於扮演故事尤宜，劇曲之作，乃緣之而始盛。然則，欲工爲劇曲者，當以小令爲始事。小令既工，而後求聯調成套，聯調成套既精熟，而後講聯套成劇。斯二者，形制雖殊，而小大同貫；品質無二，而先後異功。學者於此，可以悟散曲與劇曲相關之切矣。惟元人散曲之唱法，至明已佚。明初散曲之唱法，亦不同於水磨腔。今欲復聞關、王、馬、鄭之遺聲，尚有待於知音之士講明之也。卷中各

曲，字句之多寡，正襯之有無，聲韻之同異，文字之正訛，間取諸家曲譜爲之釐訂，其所未明，姑從蓋闕。取便諷詠而已，未足盡散曲之妙也。然而嘗海一滴，敢云知味；窺豹一斑，未爲無見。謹序所聞，以資商討，博識之士，尚祈教之。

關 漢 卿

漢卿號已齋叟，大都人，官太醫院尹。

《太和正音譜》曰："關漢卿之詞如瓊筵醉客。"又曰："觀其詞語，乃可上可下之才，蓋所以取者，初爲雜劇之始，故卓以前列。"

王國維《曲録》曰："楊維楨《元宫詞》云：'開國遺音樂府傳，白翎飛上十三絃。大金優諫關卿在，《伊尹扶湯》進劇編。'此關卿當指漢卿，則漢卿猶逮事金矣。然《伊尹扶湯》雜劇，據《録鬼簿》及《太和正音譜》乃鄭德輝作，豈楊詩之誤歟？抑漢卿自有此劇而不傳於世歟？"

【雙調】沉醉東風

伴夜月銀筝鳳閒，暖東風綉被鴛慳。信沉了魚，書絶了雁，盼雕鞍萬水千山。本利對相思若不還，只告與那能索債愁眉淚眼。

夜月青樓鳳簫，春風翠髻金翹。雨雲濃，心腸俏，俊龐兒玉嫩香嬌。六幅湘裙一搦腰，間別來十分瘦了。

【雙調】碧玉簫

怕見春歸，枝上柳綿飛；静掩香閨，簾外曉鶯啼。恨天涯錦字稀，夢才郎翠被知。寬盡衣，一搦腰肢細。痴，暗暗的添憔悴。

紅袖輕揎，玉筍挽秋千。畫板高懸，仙子墜雲軒。額殘了翡翠鈿，髻鬆了荷葉偏。花逕邊，笑撚春羅扇。搧，玉腕鳴金釧。

秋景堪題，紅葉滿山溪；松逕偏宜，黄菊繞東籬。正清樽斟潑醅，有白衣勸酒杯。官品極，到底成何濟？歸，學取他淵明醉。

【雙調】大德歌

子規啼，不如歸，道是春歸人未歸。幾日添憔悴，虚飄飄柳絮飛。一春魚雁無消息，只見雙燕鬥啣泥。

俏冤家，在天涯，偏那裏緑楊堪繫馬。困坐南窗下，數對清風想念他。蛾眉淡了教誰畫，瘦巖巖羞戴石榴花。

風飄飄，雨瀟瀟，便做陳摶睡不着。懊惱傷懷抱，撲簌簌淚點拋。秋蟬兒噪罷寒蛩兒叫，淅零零細雨打芭蕉。

雪紛紛，掩重門，不由人不斷魂。瘦損江梅韻，那裏是清江江上村？香閨裏冷落誰瞅問，好一個憔悴的憑闌人！

雪紛華，舞梨花，再不見煙村四五家。密灑堪圖畫，看疏林噪晚鴉。黄蘆掩映清江下，斜纜著釣魚艖。

【南呂】四塊玉

適意行，安心坐。渴時飲，飢時餐，醉時歌。困來時就向莎茵卧。日月長，天地闊，閒快活。

舊酒酘，新醅潑。老瓦盆邊笑呵呵。共山僧野叟閒吟和：他出一對鷄，我出一個鵝，閒快活。

南畝耕，東山卧。世態人情經歷多。閒將往事思量過：賢的是他，愚的是我，争甚麽！

【仙吕】一半兒

雲鬢霧鬢勝堆鴉，淺露金蓮簌絳紗，不比等閒墻外花。罵你個俏冤家，一半兒難當一半兒耍。

【仙吕】醉扶歸　秃指甲

十指如枯筍，和袖捧金樽；搊殺銀筝字不真，揉癢天生鈍。縱有相思淚痕，索把拳頭揾。

【南吕】一枝花　不伏老

攀出墻朵朵花，折臨路枝枝柳。花攀紅蕊嫩，柳折翠條柔。浪子風流，憑著我折柳攀花手，直煞得花殘柳敗休。半生來弄柳拈花，一世裏眠花卧柳。

【梁州第七】我是個普天下郎君領袖，蓋世界浪子班頭。願朱顔不改常依舊：花中消遣，酒内忘憂；分茶攧竹，打馬藏鬮；通五音六律滑熟，甚閑愁到我心頭！伴的是銀筝女、銀臺前、理銀筝、笑倚銀屏，伴的是玉天仙、携玉手、並玉肩、同登玉樓，伴的是金釵客、歌金縷、捧金樽、滿泛金甌。你道我老也暫休？占排場風月功名首，更玲瓏又剔透，錦陣花營都帥頭，四海遨遊。

【隔尾】子弟每是個茅草崗、沙土窩、初生的兔羔兒、乍向圍場上走，我是個經籠罩、受索網、蒼翎毛老野鷄、蹅踏的陣馬兒熟。經了些窩弓冷箭鑞鎗頭，不曾落人後。恰不道人到中年萬事休，我怎肯虚度春秋！

【黄鐘煞】我却是蒸不爛、煮不熟、捶不匾、炒不爆、響當當一粒銅豌豆，恁子弟誰教鑽入他鋤不斷、斫不下、解不開、頓不脱、慢騰騰千層錦套頭。我玩的是梁園月，飲的是東京酒；賞的是洛陽花，扳的是章臺柳。我也會吟詩，會篆籀；會彈絲，會品竹；我也會唱鷓鴣舞垂手；會打圍，會蹴鞠；會圍棋，會雙陸。你便是落了我牙、歪了我口，瘸了我腿、折了我手，天與我這幾般兒歹症候，尚兀自不肯休。除是閻王親令唤，神鬼自來勾；三魂歸地府，七魄喪冥幽。天哪，那其間才不向烟花路兒上走！

【仙吕】翠裙腰

曉來雨過山横綉，野水漲汀洲。闌干倚遍空回首。下危樓，一天風物暮傷秋。

【六幺遍】乍涼時候，西風透。碧梧脱葉，餘暑才收。香生鳳口，簾垂玉鈎，小院深閒清晝。清幽，聽聲聲蟬噪柳梢頭。

【寄生草】爲甚憂，爲甚愁？爲蕭郎一去經今久。玉臺寶鑑生塵垢，緑窗冷落閒針綉。豈知人玉腕釧兒鬆，豈知人兩葉眉兒皺！

【上京馬】他何處，共誰人携手，小閣銀瓶殢歌酒。早忘了咒，不記得低低耨。

【後庭花煞】掩袖暗含羞，開樽越釀愁；悶把苔墻畫，慵將錦字修。最風流，真真恩愛，等閒分付等閒休！

馬致遠

致遠號東籬，大都人，江浙行省務官。

《太和正音譜》曰："馬東籬之詞如朝陽鳴鳳。"又云："其詞典雅清麗，可與《靈光》、《景福》而相頡頏，有振鬣長鳴、萬馬皆瘖之意；又若神鳳飛鳴於九霄，豈可與凡鳥共語哉？宜列群英之上。"

【雙調】撥不斷

布衣中，問英雄，圖王業霸成何用？禾黍高低六代宫，楸梧遠近千官塚，一場惡夢！

子房鞋，買臣柴；屠沽乞食爲僚宰。版築躬耕有將才。古人尚自把天時待，只不如且酩子裏胡挨。

嘆寒儒，謾讀書。讀書須索題橋柱。題柱雖乘駟馬車。乘車誰買長門賦？且看了長安回去。

酒杯深，故人心。相逢且莫推辭飲。君若歌時我慢斟，屈原清死由他恁。醉和醒争甚？

立峰巒，脱簪冠。夕陽倒影鬆陰亂。太液澄虚月影寬，海風汗漫雲霞斷。醉眠時小童休唤。

【雙調】壽陽曲

夕陽下，酒旆閒，兩三航未曾着岸。落花水香茅舍晚，斷橋頭賣魚人散。

從別後，音信絶。薄情種害煞人也！逢一個見一個因話説，不信你耳輪兒不熱。

心間事，説與他，動不動早言兩罷。罷字兒磣可可你道是耍，我心裏怕那不怕？

因他害，染病疾，相識每勸咱是好意。相識若知咱就裏，和相識也一般憔悴。

【南呂】金字經

絮添蘆花雪，鮓香荷葉風。且向江頭作釣翁。窮，男兒未濟中；風波夢，一場幻化中。

擔挑山頭月，斧磨石上苔。且做樵夫隱去來。柴，買臣安在哉？空巖外，老了棟梁材！

夜來西風動，九天鵬鶚飛。困煞中原一布衣。悲，故人知未知？登樓意，恨無上天梯。

【南呂】四塊玉　天台路

采藥童，乘鸞客，怨感劉郎下天台。春風再到人何在？桃花又不見開，命薄的窮秀才，誰教你回去來！

又　嘆世

帶野花，携村酒，煩惱如何到心頭。誰能躍馬常食肉？二頃田，一具牛，飽後休！

佐國心，拿雲手，命裏無時莫剛求。隨時過遣休生受。幾葉綿，一片绸，暖後休！

帶月行，披星走，孤館寒食故鄉秋。妻兒胖了咱消瘦。枕上憂，馬上愁，死後休！

【越調】天净沙　秋思

枯藤老樹昏鴉，小橋流水人家，古道西風瘦馬；夕陽西下，斷腸人在天涯。

【般涉調】耍孩兒　借馬

近來時買得匹蒲梢騎，氣命兒般看承愛惜。逐宵上草料數十番，餵飼得膘息胖肥。但有些穢污却早忙刷洗，微有些辛勤便下騎。有那等無知輩，出言要借，對面難推。

【七煞】懶設設牽下槽，意遲遲背後隨，氣忿忿懶把鞍來鞴。我沉吟了半晌語不語，不曉事頹人知不知。他又不是不精細，道不得他人弓莫挽，他人馬休騎。

【六煞】不騎呵西棚下涼處拴，騎時節揀地皮平處騎，將青青嫩草頻頻的餵。歇時節肚帶鬆鬆放，怕坐的困尻包兒款款移。勤覷著鞍和轡，牢踏著寶鐙，前口兒休提。

【五煞】飢時節餵些草，渴時節飲些水，著皮膚休使麄氈屈。三山骨休使鞭來打，磚瓦上休教穩著蹄。有口話你明明的記：飽時休走，飲了休馳。

【四煞】抛糞時教乾處抛，綽尿時教净處尿，拴時節揀個牢固樁橛上繫。路途上休要踏磚塊，過水處休教踐起泥。這馬知人義，似雲長赤兔，如翼德烏騅。

【三煞】有汗時休去檐下拴，渲時休教侵著頹，軟煮料草前底細。上坡時款把身來聳，下坡時休教走得疾。休道人忒寒碎，休教鞭颩著馬眼，休教鞭擦損毛衣。

【二煞】不借時惡了弟兄，不借時反了面皮，馬兒行囑咐叮嚀記：鞍心馬户將伊打，刷子去刀莫作疑。只嘆的一聲長吁氣，哀哀怨怨，切切悲悲。

【一煞】早晨間借與他，日平西盼望你，倚門專等來家内。柔腸寸寸因他斷，側耳頻頻聽你嘶。道一聲好去，早兩淚雙垂。

【尾】没道理没道理，忒下的忒下的。恰才説來的話君專記，一口氣不違借與了你！

【般涉調】哨遍

半世逢場作戲，險些兒誤了終焉計。白髮勸東籬，西村最好幽棲。老正宜，茅廬竹徑，藥井蔬畦。自減風雲氣，嚼蠟光陰無味。旁觀世態，静掩柴扉。雖無諸葛卧龍岡，原有嚴陵釣魚磯。成趣南園，對榻青山，繞門緑水。

【耍孩兒】窮則窮落覺囫圇睡，消甚奴耕婢織。荷花二畝養魚池，百泉通一道清溪。安排老子留風月，準備閒人洗是非。樂亦在其中矣，僧來筍蕨，客至琴棋。

【二】青門幸有栽瓜地，誰羡封侯百里。桔槔一水韭苗肥，快活煞學圃樊遲。梨花樹底三杯酒，楊柳陰中一片席。倒大來無拘繫，先生家淡粥，措大家黄虀。

【三】有一片凍不死衣，有一口餓不死食，貧無煩惱知閒貴。譬如風浪乘舟去，争似田園拂袖歸。本不愛争名利，嫌貧污耳，與鳥忘機。

【尾】喜天陰唤錦鳩，愛花香哨畫眉。伴露荷中煙柳外風蒲内，緑頭鴨黄鶯兒啅七七。

【雙調】夜行船 秋思

百歲光景一夢蝶，重回首往事堪嗟。今日春來，明朝花謝。急罰盞夜闌燈滅。

【喬木查】想秦宮漢闕，都做了衰草牛羊野。不恁麼漁樵没話説。縱荒墳横斷碑，不辨龍蛇。

【慶宣和】投至狐踪與兔穴，多少豪傑。鼎足雖堅半腰裹折，知他是魏邪？晉邪？

【落梅風】天教你富，不待奢，没多時好天良夜。富家兒更做道你心似鐵，争辜負了錦堂風月。

【風入松】眼前紅日又西斜，疾似下坡車。不争鏡裹添白雪，上床和鞋履相别。休笑鳩巢計拙，葫蘆提一向妝呆。

【撥不斷】利名竭，是非絶。紅塵不向門前惹，緑樹偏宜屋角遮。青山正補墻頭缺，更那堪竹籬茅舍。

【離亭宴帶歇指煞】蛩吟罷一覺才寧貼，鷄鳴時萬事無休歇。争名利何年是徹。看密匝匝蟻排兵，亂紛紛蜂釀蜜，鬧穰穰蠅争血。裴公緑野堂，陶令白蓮社。愛秋來時那些：和露摘黄花，帶霜分紫蟹，煮酒燒紅葉。想人生有限杯，渾幾個重陽節。人問我頑童記者：便北海探吾來，道東籬醉了也！

【黄鐘】女冠子

枉了閒愁，細尋思自古名流，都曾志未酬。韓信乞飯，傅説版築，子牙垂鈎；桑間靈輒困，伍相吹簫，沈古歌謳；陳平宰社，買臣負薪，相如沽酒。

【幺】上蒼不與功名候，更强更會也爲林下叟，時乖莫强求。若論才藝，仲尼年少，便合封侯。窮通皆命也，得又何歡，失又何愁。恰似南柯一夢，季倫錦帳，袁公甕牖。

【出隊子】若朝金殿，時人輕馬周。李斯豈解血沾裘，亞父争如饑喪囚，老來終不將秦印收。

【幺】聖賢尚不脱陰陽彀，都輸與范蠡舟。周生丹鳳道祥禽，魯長麒麟言怪獸，時與不時都總休。

【黄鐘尾】且念鯫生自年幼，寫詩曾獻上龍樓。都不疊半紙來大功名一旦休。便似陸賈隨何，且須緘口。著領布袍雖故舊，仍存兩枚寬袖，且遮藏著釣鰲攀桂手。

白　樸

樸字仁甫，改字太素，號蘭谷，真定人。父華，字文舉，號寓齋，金樞密院判。《金史》有傳。

《太和正音譜》曰："白仁甫之詞如鵬搏九霄。"又曰："風骨磊磈，詞源滂沛，若大鵬之起北溟，奮翼淩乎九霄，有一舉萬里之志，宜冠於首。"

元王博文《天籟集序》曰："元、白爲中州世契，兩家子弟，每舉長慶故事，以詩文相往來。太素即寓齋仲子，於遺山爲通家侄。甫七歲，遭壬辰之難，寓齋以事遠適。明年春，京城變，遺山遂挈以北渡。……讀書穎悟異常兒，日親炙遺山。……數年寓齋北歸，以詩謝遺山云：'顧我真成喪家狗，賴君曾護落巢兒。'居無何，父子卜築於滹陽。律賦爲專門之學。而太素有能聲……然自幼經喪亂，蒼皇失母，便有山川滿目之嘆。逮亡國，恒鬱鬱不樂，以故放浪形骸，期於適意。中統初，開府史公將以所業力薦之於朝，再三遜謝，棲遲衡門，視榮利蔑如也。"

明孫大雅《天籟集序》曰："先生少有志天下，已而事乃大謬。顧其先爲金世臣，既不欲高蹈遠引以抗其節，又不欲使爵祿以干其身，於是屈己降志，玩世滑稽，徙家金陵，從諸遺老放情山水間，日以詩酒優遊，用示雅志，以忘天下。詩詞篇翰，在在有之。"

【中吕】喜春來　知幾

知榮知辱牢緘口，誰是誰非暗點頭。詩書叢裏且淹留。閒袖手，貧煞也風流。

今朝有酒今朝醉，且盡樽前有限杯。回頭滄海又塵飛。日月疾，白髮故人稀。

不因酒困因詩困，常被吟魂惱醉魂。四時風月一閒身。無用人，詩酒樂天真。

張良辭漢全身計，范蠡歸湖遠害機。樂山樂水總相宜。君細推，今古幾人知？

【仙吕】寄生草　飲

長醉後何妨礙，不醒時有甚思？糟腌兩個功名字，醅渰千古興亡事，曲埋萬丈虹霓志。不達時皆笑屈原非，但知音盡説陶潛是。

【仙吕】醉中天　佳人臉上黑痣

疑是楊妃在，怎脱馬嵬災？曾與明皇捧硯來，美臉風流殺。叵奈揮毫李白，覷着嬌態，灑松煙點破桃腮。

【中吕】喜春來

笑將紅袖遮銀燭，不放才郎夜看書。相偎相抱取歡娱。止不過疊應舉，及第待何如！

百忙裏鉸甚鞋兒樣，寂寞羅幃冷篆香。向前摟定可憎娘。止不過趕嫁妝，誤了又何妨！

【越調】天净沙

春山暖日和風，闌干樓閣簾櫳。楊柳秋千院中。啼鶯舞燕，小橋流水飛紅。

雲收雨過波添，樓高水冷瓜甜。緑樹陰垂畫檐。紗厨籐簟，玉人羅扇輕縑。

孤村落日殘霞，輕煙老樹寒鴉。一點飛鴻影下。青山緑水，白草紅葉黄花。

一聲畫角譙門，半亭新月黄昏。雪裏山前水濱。竹籬茅舍，淡煙衰草孤村。

王實甫

實甫，大都人。

《太和正音譜》曰："王實甫之詞如花間美人。"又曰："鋪叙委婉，深得騷人之趣。極有佳句，若玉環之出浴華清，綠珠之采蓮洛浦。"

【中呂】十二月過堯民歌　别情

按實甫散曲殊少見，此首載在周德清《中原音韻》定格四十首内，未著名氏。蔣一葵《堯山堂外紀》謂爲王作，姑從之，以見王曲之一斑。

自别後遥山隱隱，更那堪遠水粼粼。見楊柳飛綿滚滚，對桃花醉臉醺醺。透内閣香風陣陣，掩重門暮雨紛紛。　怕黄昏忽地又黄昏，不銷魂怎地不銷魂。新啼痕壓舊啼痕，斷腸人憶斷腸人。今春，香肌瘦幾分，摟帶寬三寸。

鄭光祖

光祖字德輝，平陽襄陵人。以儒補杭州路吏。爲人方直，不妄與人交，故諸公多鄙之，久則見其情厚，而他人莫之及也。病卒，火葬西湖。

《太和正音譜》曰："鄭德輝之詞如九天珠玉。"又曰："其詞出語不凡，若咳唾落乎九天，臨風而生珠玉，誠傑作也。"

【雙調】折桂令　夢中作

半窗幽夢微茫。歌罷錢塘，賦罷高唐。風入羅幃，爽入疏欞，月照紗窗。縹緲見梨花淡妝，依稀聞蘭麝餘香。唤起思量，待不思量，怎不思量！

喬　吉

吉字夢符，太原人。

《太和正音譜》曰:“喬夢符之詞如神鰲鼓浪。”又曰:“若天吴跨神鰲，噀沫於大洋，波濤洶湧，截斷衆流之勢。”

《録鬼簿》曰:“吉甫，字夢符，太原人。號笙鶴翁，又號惺惺道人。美容儀，能詞章。以威嚴自飭，人敬畏之。居杭州太乙宫前，有題西湖《梧葉兒》百篇，名公爲之序。江湖間四十年，欲刊所作，竟無成事者。至正五年二月，病卒於家。”

【中吕】昇平樂　悟世

肝腸百煉爐間鐵，富貴三更枕上蝶，功名兩字酒中蛇。尖風薄雪，殘杯冷炙，掩清燈竹籬茅舍。

【雙調】春閨怨

黑海春愁渾無處躲，嫩香膩玉漸消磨。瘦呵也不似今春個。無奈何，自畫雙蛾，添得越愁多。

【雙調】折桂令　自述

華陽巾鶴氅蹁躚。鐵笛吹雲，竹杖撑天。伴柳怪花妖，麟祥鳳瑞，酒聖詩禪。不應舉江湖狀元，不思凡風月神仙。斷簡殘編，翰墨雲烟，香滿山川。

又　張謙齋左轄席上索賦

卷鯨川吸盡春雲。曲妙重歌，酒冷還温。裁甚烏紗，盡他白髮，醉個紅裙。想獻玉遭刑費本，算揮金買笑何村。俯仰乾坤，多少英雄，不到麒麟。

又　寄遠

雨雲期一枕南柯。破鑑分釵，對酒當歌。想驛路風烟，馬頭星月，雁底關河。往日個殷勤待我，近新來憔悴因他。淡却雙蛾，哭損秋波。臺候如何，敢忘了人呵！

又　贈羅真真高敬臣胡善甫席上賦

羅浮夢裏真仙。雙鎖螺鬟，九暈珠鈿。晴柳纖柔，春葱細膩，秋藕匀圓。酒盞兒裏央及出些腼腆，畫幀兒上喚下來的嬋娟。試問尊前，月落參横，今夕何年。

又　丙子游越懷古

蓬萊老樹蒼雲。禾黍高低，狐兔紛紜。半折殘碑，空餘故址，總是黄塵。東晉亡也再難尋個右軍，西施去也絶不見甚佳人。海氣長昏，鴟鴂聲乾，天地無春。

又　秋日湖山偕白子瑞輩燕集賦以俾歌者赴拍侑尊

秋聲一片蘆花。正落日山川，過雨人家。羡歌舞風流，太平時世，詩酒生涯。待楊柳晴春風躍馬，且桂華涼夜月乘槎。一曲吴娃，笑煞江州，淚滿琵琶。

又　詠紅蕉

紅蕉分種天涯。换葉移根，灌水壅沙。嬌耐秋風，清宜夜雨，艷若春華。翠袖捧銀臺絳蠟，緑雲封玉竈丹霞。富貴人家，妝點湖山，吃喜窗紗。

又　荆溪即事

問荆溪溪上人家。爲甚人家，不種梅花？老樹支門，荒蒲繞岸，苦竹圈笆。廟不靈狐狸樣瓦，官無事烏鼠當衙。白水黄沙，倚遍闌干，數盡啼鴉。

【雙調】水仙子　席上賦李楚儀歌以酒送維揚賈侯

鴛鴦一世不知愁，何事年來白盡頭。芙蓉水冷胭脂瘦。占西塘曉鏡秋，菱花漫替人羞。擎架着十分病，包籠着百倍憂，老死也風流。

又　手帕呈賈伯堅

對裁湘水縠波紋，挼皺梨花雪片雲。束纖腰舞得春風困。襯瓊杯蒙玉筍，殢人嬌笑揾脂唇。宫額潤匀香汗，銀箏閒拂暗塵，休染上啼痕。

又　游越福王府

笙歌夢斷蒺藜沙，羅綺香餘野菜花。亂雲老樹夕陽下。燕休尋王謝家，恨興亡怒煞些鳴蛙。鋪錦池埋荒甃，流杯亭堆破瓦，何處也繁華！

又　吴姬

掛罳分月小藤床，茉莉堆雲懶髻妝。薔薇灑水輕綃上。染一天風露香，看星河笑語昏黄。白雪鷄頭肉，紅冰荔子漿，道今夜較涼。

又　詠雪

冷無香柳絮撲將來，凍成片梨花拂不開。大灰泥漫了三千界。銀稜了東大海，探梅的心噤難挨。面甕兒裏袁安舍，鹽罐兒裏黨尉宅，粉缸兒裏舞榭歌臺。

【越調】小桃紅　中秋懷約

桂花風雨較涼些，愁字兒難藏壓。一片秋聲戰梧葉。苦離别，幸然不見團圓月。多應那人，相思今夜，明日敢來也！

又　别楚儀

一樽别酒斷腸詞，難説心間事。行李匆匆怎酬志？自尋思，從今别却文章士。至如小子，十分不是，好處也想些兒。

又 曉妝

紺雲分翠攏香絲，玉綫界宫鴉翅。露冷薔薇曉初試。淡勻脂，金篦膩點蘭煙紙。含嬌意思，殢人須是，親手畫眉兒。

【雙調】清江引 笑靨兒

鳳酥不將腮斗兒勻，巧笑含嬌俊。紅鐫玉有痕，暖嵌花生暈。旋窩兒裏粉香都是春。

【中吕】滿庭芳 漁父

江湖隱居，既學范蠡，問甚三閭。終身休惹閒題目，裝個葫蘆。行雨罷龍歸遠浦，送秋來雁落平湖。摇船去，濁醪换取，一串柳穿魚。

疏狂逸客，一樽酒盡，百尺帆開。劃然長嘯西風快，海上潮來。入萬頃玻璃世界，望三山翡翠樓臺。綸竿外，江湖水窄，回首是蓬萊。

扁舟棹短，名休掛齒，身不屬官。船頭酒醒妻兒唤，笑語團圞。錦畫圖芹香水暖，玉圍屏雪急風酸。清江畔，閒愁不管，天地一壺寬。

漁家過活，雪篷雲棹，雨笠煙簑。一聲欸乃無人和，妻子呵呵。包古今不宜時短褐，泛江湖無定處行窩。休扶舵，輕將棹撥，江上月明多。

携魚换酒，魚鮮可口，酒熱扶頭。盤中不是鯨鯢肉，鱘鮓初熟。太湖水光摇酒甌，洞庭山影落漁舟。歸來後，一竿釣鈎，不掛古今愁。

江聲撼枕，一川殘月，滿目遥岑。白雲流水無人禁，勝似山林。釣晚霞寒波濯錦，看秋潮夜海鎔金。村醪窨，何人共飲，鷗鷺是知心。

【越調】憑闌人　香盤

暖蜕龍團香骨塵，細裊雲衣古篆文。寶奩餘燼温，小池明月昏。

一點雕盤螢度秋，半縷宮奩雲弄愁。情緣不到頭，寸心灰未休。

【雙調】燕引雛

鳳凰臺，金龍玉虎帝王宅。猿鶴只欠山人債，千古興懷。梧桐枯鳳不來，風雷死龍何在，林泉老猿休怪。銷魂楚甸，洗恨秦淮。

【中吕】芳草多情（即山坡羊）

清風閒坐，白雲高卧，面皮不受時人唾。樂陀陀，笑呵呵，看别人搭套項推沉磨。蓋下一枚安樂窩，東、也在我，西、也在我。

【雙調】殿前歡　里西瑛號懶雲窩奉和

懶雲窩，雲窩客至欲如何。懶雲窩裏和雲卧，打會磨跎。想人生待怎麽，貴比我争些大，富比我争些個。呵呵笑我，我笑呵呵。

懶神仙，懶窩中打坐幾多年。夢魂不到青雲殿，酒興詩顛。輕便如宰相權，冷淡如名賢傳，自在如彭澤縣。蒼天負我，我負蒼天。

【雙調】雁兒落帶得勝令　自適

黄花開數朵，翠竹栽些個。農桑事上熟，名利場中捋。　禾黍小莊科，籬落放鷄鵝。五畝清閒地，一枚安樂窩。行呵，官大憂愁大。藏呵，田多差役多。

【中吕】紅綉鞋　書所見

臉兒嫩難藏酒暈，扇兒薄不隔歌塵。佯整金釵暗窺人。涼風醒醉眼，明月破詩魂，料今宵怎睡得穩?

【中吕】山坡羊　寓興

鵬摶九萬，腰纏十萬，揚州鶴背騎來慣。事間關，景闌珊，黄金不富英雄漢。一片世情天地間。白，也是眼；青，也是眼。

【越調】天净沙　即事

一從鞍馬西東，幾番衾枕朦朧。薄倖雖來夢中，争如無夢，那時真個相逢。

鶯鶯燕燕春春，花花柳柳真真。事事風風韻韻，嬌嬌嫩嫩，停停當當人人。

【越調】憑闌人　金陵道中

瘦馬馱詩天一涯，倦鳥呼愁村數家。撲頭飛柳花，與人添鬢華。

【南吕】一枝花　合箏

酒酣春色濃，簾卷花陰静。佳人嬌和曲，豪客醉彈箏。心與手調停，斂袂待絃初定。雁行斜江月影。擲銀甲指撥輕清，按金縷歌喉數聲。

【梁州第七】歌應指似林鶯嚦嚦，指隨歌似山溜泠泠。同聲相應的涼州令。滴銀盤秋雨，敲玉樹春冰。恰壯懷慷慨，又私語丁寧。迸瓊珠萬顆瑽琤，間驪珠一串分明。恰便似卓文君荅撫琴相如，黄念奴伴開元壽寧，小單于學鼓瑟湘靈。繹如也以成，遲疾纖巧隨搵掐無些兒病。腔兒穩字兒正，一對兒合得着綢繆有情，效鸞鳳和鳴。

【尾】煞强如泣琵琶淚濕青衫上泠，彷彿似鶤鷄聲紅錦罩内聽。洗得平生耳根凈。風流這生，吃戲可憎，我便有陶學士的鼻凹也下不得絣。

【商調】集賢賓　詠柳憶别

恨青青畫橋東畔柳，曾祖送少年游。散晴雪楊花清晝，又一場心事悠悠。翠絲長不繫雕鞍，碧雲寒空掩朱樓。揎羅袖試將纖玉手，綰東風摇損輕柔。同心方勝結，纓絡綉文毬。

【逍遥樂】綰不成鴛鴦雙扣，空驚散梢頭，一對錦鳩。何處忘憂，聽枝上數聲黄栗留，怕不弄春嬌巧轉歌喉。驚回好夢，提起離情，唤醒閒愁。

【醋葫蘆】雨晴珠淚收，煙顰眉黛羞，殢風流還自怨風流。病多不耐秋，未秋來早先消瘦。曉風殘月上簾鈎。

【浪裏來煞】不要你護雕闌花甃香，蔭蒼苔石徑幽；只要你盼行人終日替我凝眸。只要你重温灞陵别後酒。如今時候，只要向緑陰深處纜歸舟。

【雙調】新水令　閨麗

綉閨深培養出牡丹芽，控金鈎綉簾不掛。鶯聲聞上苑，蝶夢繞東華。富貴人家，花陰内柳陰下。

【喬木查】忽地迎頭見咱，嬌小心兒裏怕。厭地回身攏鬢鴉。傍闌干行又羞，雙臉烘霞。

【攪箏琶】我凝眸罷，心内頑麻。可知曲江頭三次遺鞭，我粉墻外幾乎墜馬。人説觀自在活菩薩，堪夸，普陀山幾時曾到他，更隔着海角天涯！

【甜水令】他秋水回波，春山摇翠，芳心迎迓。彼此各承答，詩句傳情，琴聲寫恨，衷腸牽掛。許多時不得歡恰。

【雁兒落】鬥的滿街裏閒嗑牙，待罷啊如何罷。空揣着題詩玉版箋，織錦香羅帕。

【得勝令】我是個爲客秀才家，你是個未嫁女嬌娃。不是將海鶴兒相埋怨，休把這紙鷂兒厮調發。若是無差，回與我句實誠的話。天哪，送了人啊不是耍！

【離亭宴煞】只因你擔不下解合的心腸兒叉，不是我口不嚴表揚的風聲兒大。佇頸憑闌，一日三衙。唱道成時節準備着小意兒妝蝦，不成時怎肯呆心兒跳塔。哎，你個吃戲冤家，來來來將人休量抹。我不是琉璃井底鳴蛙，我是個花柳營中慣戰馬！

張可久

《録鬼簿》曰："可久，字小山，慶元人。以路吏轉首領官。有樂府盛行於世。又有《吴鹽》、《蘇堤漁唱》等曲，編於隱語中。"

《太和正音譜》曰："張小山之詞如瑶天笙鶴。"又曰："其詞清而且麗，華而不艷，有不吃烟火食氣，真可謂不羈之材，若被太華之仙風，招蓬萊之海月，誠詞林之宗匠也，當以九方臯之眼相之。"

【黄鐘】人月圓　山中書事

興亡千古繁華夢，詩眼倦天涯。孔林喬木，吴宫蔓草，楚廟寒鴉。　數間茅舍，藏書萬卷，投老村家。山中何事，松花釀酒，春水煎茶。

又　客垂虹

三高祠下天如鏡，山色浸空濛。蓴羹張翰，漁舟范蠡，茶竈龜蒙。　故人何在，前程那裏，心事誰同？黄花庭院，青燈夜雨，白髮秋風。

【雙調】水仙子　西湖廢圃

夕陽芳草廢歌臺，老樹寒鴉静御街。神仙環珮今何在？荒基生暮靄，嘆英雄白骨蒼苔。花已飄零去，山曾富貴來，俯仰傷懷！

【雙調】折桂令　九日

對青山强整烏紗，歸雁横秋，倦客思家。翠袖殷勤，金杯錯落，玉手琵琶。人老去西風白髮，蝶愁來明日黄花。回首天涯，一抹斜陽，數點寒鴉。

又　湖上懷古次疏齋學士韻

柳駝腰繫我詩槎，趁夜雪歸鴻，暮苑啼鴉。緑樹秋千，青山鐘鼓，畫舫琵琶。銅雀臺邊破瓦，金魚池上殘花。誰見繁華，采藥仙翁，賣酒人家。

又　游龍源寺

問行人何處龍源，古路縈蟠，細水蜿蜒。柳耳垂陰，花心困雨，樹頂摩天。借居士蒲團坐禪，對幽人松塵談玄。詩債留連，百巧黄鸝，一曲新蟬。

【越調】寨兒令　春思

喜又驚，笑相迎，倚湖山露華羅袖冷。誰慣私行，怕負深盟，偷步錦香亭。尋尋覓覓風聲，潛潛等等芳情。粉墻邊花弄影，朱簾下月籠明。輕，吹滅短檠燈。

【雙調】殿前歡　次酸齋韻

釣魚臺，十年不上野鷗猜。白雲來往青山在，對酒開懷。欠伊周濟世才，犯劉阮貪杯戒，還李杜吟詩債。酸齋笑我，我笑酸齋。

喚歸來，西湖山上野猿哀。二十年多少風流怪，花落花開。望雲霄拜將臺，袖星斗安邦策，破煙月迷魂寨。酸齋笑我，我笑酸齋。

又　客中

望長安，前程渺渺鬢斑斑。南來北往隨征雁，行路艱難。青泥小劍關，紅葉湓江岸，白草連雲棧。功名半紙，風雪千山。

【雙調】清江引　春晚

離愁困人簾未卷，上下飛雙燕。孤雲帶雨痕，暗水流花片。湖邊日長春去遠。

【中呂】朝天子　春思

見他，問咱，怎忘了當初話？東風殘夢小窗紗，月冷秋千架。自抱琵琶，燈前彈罷，春深不到家。五花，駿馬，何處垂楊下？

【中呂】紅綉鞋　春日湖上

綠樹當門酒肆，紅妝映水鬟兒。眼底殷勤座間詩。塵埃三五字，楊柳萬千絲，記年時曾到此。

【雙調】慶東原　次馬致遠先輩韻

詩情放，劍氣豪，英雄不把窮通較。江中斬蛟，雲間射雕，席上揮毫。他得志笑閒人，他失脚閒人笑。

山容瘦，木葉凋，對西窗盡是詩料。蒼煙樹杪，殘雪柳條，紅日花梢。他得志笑閒人，他失脚閒人笑。

蒼頭哨，驄馬驕，放轡頭也只到長安道。說家門盡教，守虀鹽慢熬，請荆布休焦。他得志笑閒人，他失脚閒人笑。

【正宫】醉太平　懷古

翩翩野舟，泛泛沙鷗。登臨不盡古今愁，白雲去留。鳳凰臺上青山舊，秋千墻裏垂楊瘦。琵琶亭畔野花秋，長江自流。

【南吕】四塊玉　樂閒

遠是非，尋瀟灑，地暖江南燕宜家。人間水北春無價，一品茶，五色瓜，四季花。

【雙調】賣花聲　懷古

美人自刎烏江岸，戰火曾燒赤壁山，將軍空老玉門關。傷心秦漢，生民涂炭，讀書人一聲長嘆！

【中吕】紅綉鞋　西湖雨

删抹了東坡詩句，糊涂了西子妝梳。山色空濛水模糊。行雲神女夢，潑墨范寬圖，掛黑龍天外雨。

【越調】天净沙　湖上送別

紅蕉隱隱窗紗，朱簾小小人家，綠柳匆匆去馬。斷橋西下，滿湖烟雨愁花。

【南吕】醉太平　感懷

人皆嫌命窘，誰不見錢親？水晶環入麵糊盆，才沾粘便滚。文章糊了盛錢囤，門庭改做迷魂陣。清廉貶入睡餛飩，胡蘆提倒穩。

【南吕】落梅風　春晚

東風景，西子湖，濕冥冥柳烟花霧。黄鶯亂啼胡蝶舞，幾秋千打將春去。

【雙調】折桂令　幽居

紅塵不到山家，贏得清閒，當了繁華。畫列青山，裀鋪細草，鼓奏鳴蛙。楊柳村中賣瓜，蒺藜沙上看花。生計無多，陶令琴書，杜曲桑麻。

【中吕】普天樂　道情

北邙煙，西州淚；先朝故家，破塚殘碑。樽前有限杯，門外無常鬼。未冷鴛幃合歡被，畫樓前玉碎花飛。悔之晚矣，蒲團紙帳，歸去來兮！

【越調】寨兒令

我志誠，你胡伶，一雙兒可人龐道撑。鬥草踏青，語燕啼鶯，引動俏魂靈。綉窗前殘酒爲盟，花陰下明月知情。寶香寒静悄悄，羅襪冷戰兢兢。曾，直等到二三更。

【中吕】朝天子　閨情

與誰，畫眉，猜破風流謎。銅駝巷裏玉驄嘶，夜半歸來醉。小意收拾，怪膽禁持，不識羞誰似你。自知，理虧，燈下和衣睡。

【正吕】醉太平　傷春

煙消寶鴨，字篆銀蝸。傷春心事付琵琶，誤平康過馬。玉容淚濕鴛鴦帕，紅絨香冷秋千架，金壺水换牡丹花，等他來看咱。

【南吕】金字經　青霞洞趙肅齋索賦

酒後詩情放，水邊歸路差。何處青霞仙子家？沙，翠苔横古槎。竹陰下，小魚争柳花。

【中吕】山坡羊　酒友

劉伶不戒，三閭休怪，沿村沽酒尋常債。看梅開，過橋來，青旗正在疏籬外。醉和古人安在哉？窄，不够篩。哎，我再買！

【南吕】一枝花　春愁

鶯穿殘楊柳枝，蟲蠹損薔薇刺。蝶搧乾芍藥粉，蜂蹙斷海棠絲。

怕近花時，白日傷心事，清宵有夢思。間阻了洛浦神仙，没亂殺蘇州刺史。

【梁州第七】俏姻緣別來久矣，巧魂靈夢寢求之。一春多少傷心事，著情疼熱，痛口嗟咨。往來迢遞，終始參差。一簡書寫就了情詞，三般兒寄與嬌姿。麝臍薰五花瓣翠羽香鈿，猫眼嵌雙轉軸烏金戒指，獺髓調百和香紫蠟胭脂。念茲，在茲，愁和淚頻傳示。更囑咐兩三次，訴不盡心間無限思，倒羞了燕子鶯兒。

【尾聲】無心學寫鍾王字，遣興閒觀李杜詩。風月關情隨人志。酒不到半巵，飯不到半匙，瘦損了青春少年子。

王　鼎

鼎字和卿，大都人。性善諧謔，滑稽佻達，與關漢卿同時，常譏謔關，關雖極意還答，終不能勝。一日王忽無疾而逝，而鼻垂涕尺餘，人皆駭嘆；關來弔唁，詢其由，或對曰："此釋家所謂坐化也。"復問："鼻懸何物?"或又對曰："此玉筯也。"關云："我道你不識，不是玉筯，是嗓!"咸發大噱。或戲關云："你被王和卿輕侮半世，死後方才還得一籌。"關亦不與辯也。

【雙調】撥不斷　長毛小狗

醜如驢，小如猪，山海經檢遍了無尋處。遍體渾身都是毛，我道你有似個成精物：咬人的笤帚。

又　王大姐浴房内吃打

假胡伶，騁聰明，你本待洗腌臢到惹得不乾净。精尻上匀排七道青，扇圈大膏藥剛糊定。早難道外宣無病?

【越調】天净沙　詠禿

笠兒深掩過雙肩，頭巾牢抹到眉邊。款款的把笠檐兒試掀，連慌道一句，君子人不見頭面!

【越調】小桃紅　春寒

春風料峭透香閨，柳眼開還閉。南陌箕針不全翠。恨芳菲，上林花瘦鶯聲未。雲兜香冷，烏衣何處，寒勒海棠遲。

【中吕】喜春來　春思

柳梢淡淡鵝黄染，波面澄澄鴨緑添。及時膏雨細廉纖。門半掩，春睡殢人甜。

又　題情

情粘骨髓難揩洗，病在膏肓怎療治？相思何日會佳期？我共你，相見一般醫！

【仙吕】醉中天　詠大胡蝶

掙破莊周夢，兩翅駕東風。三百處名園一採一個空，難道風流種。諕殺尋芳的蜜蜂，輕輕的飛動，把賣花人搧過橋東！

【仙吕】一半兒　題情

鴉翎般水鬢似刀裁，小顆顆芙蓉花額兒窄。待不梳妝怕娘左猜。不免插金釵，一半兒蓬鬆一半兒歪。

將來書信手粘著，燈下姿姿觀覷了。兩三行字真帶草。提起來越心焦，一半兒撕掿一半兒燒。

別來寬褪縷金衣，粉悴煙憔減玉肌。淚點兒只除衫袖知。盼佳期，一半兒才乾一半兒濕。

【大石調】驀山溪　冬閨

冬天易晚，又早黄昏後。修竹小闌干，空倚遍寒生翠袖。蕭蕭寶馬，何處狂游?

【幺】人已静，夜將闌，不信今宵又。大抵爲人圖甚麽，彼各青春年幼。似恁的厮禁持，兀的不白了人頭!

【女冠子】過一宵，勝九秋。且將針綫，把一扇鞋兒綉。驀聽的馬嘶人語，甫能來到，却又早十分殢酒。

【好觀音】枉了教人深閨裏候，疏狂性奄然依舊。不成器喬公事做的泄漏，衣紐不曾扣。待伊酒醒明白究。

【雁過南樓煞】問着時只辦着擺手，駡着時悄不開口。放伊不過耳朵兒扭。你道不曾共外人歡偶。把你愛惜前程，遥指定梅梢月兒咒!

貫　雲　石

蔣一葵《堯山堂外紀》曰："貫雲石，畏吾兒人，阿里海涯孫也。父名貫只哥，遂以貫爲氏。名小雲石海涯，自號酸齋。"

《太和正音譜》曰："貫酸齋之詞如天馬脱羈。"

【中吕帶雙調】醉高歌帶過殿前歡

看別人鞍馬上胡顔，嘆自己如塵世污眼。英雄誰識男兒漢，豈肯向人行訴難。　陽氣盛冰銷北岸，暮雲遮日落西山。四時天氣尚輪還。秦甘羅疾發禄，姜吕望晚登壇，遲和疾時運裹趲。

【中吕】紅綉鞋

東村醉西村依舊，今日醒來日扶頭。直吃得海枯石爛恁時休。將屠龍劍，釣鰲鈎，遇知音都去當酒。

挨着靠着雲窗同坐，偎着抱着月枕雙歌。聽着數着愁着怕着早四更過。四更過情未足，情未足夜如梭。天那，更閏一更兒妨甚麼！

【雙調】水仙子　田家

緑陰茅屋兩三間，院後溪流門外山，山桃野杏開無限。怕春光虛過眼，得浮生半日清閒。邀鄰翁爲伴，使家童過盞，直吃的老瓦盆乾。

【雙調】清江引 惜别

若還與他相見時，道個真傳示：不是不修書，不是無才思，繞清江買不得天樣紙！

【越調】憑闌人 題情

夢裏相逢情倍加，夢斷香閨怨恨多。夢他憔悴他，争如休夢他！

【雙調】清江引

狂風一春十占九，摇撼花枝瘦。沙摧杏臉愁，土蝕桃腮皺。闌珊了一株金綫柳。

薄情的風家十八姨，大逞狂心力。揪撏萬片紅，摔碎千條翠。斷送了好光陰都是你！

【南吕】一枝花 麗情

銀杏葉凋零鴨脚黄，玉樹花冷淡鷄冠紫；紅荳蔻啄殘鸚鵡粒，碧梧桐棲老鳳凰枝。對景嗟咨，楚江風霜翦鴛鴦翅，渭城柳煙籠翡翠絲。綴黄金菊露瀼瀼，碎緑錦荷花瑟瑟。

【梁州】嘆落落情懷不已，恨匆匆歲月何之。擁並也似一片閒愁，攛斷出傷心故事。往常時花箋寫恨，紅葉題詩，都做了風中飛絮，水上浮萍，痛煞煞玉連環掂的瑕疵，磣可可錦回文揉的參差。瘦㢘纖對妝奩金粉慵施，愁荏苒繡房中拈針慵使，病懨懨漸錦筝搊雁柱慵支。念兹，對此，匆匆歲月三之二。恰初三，早初四。嚦嚦風前孤雁兒，感起我一弄嗟咨。

【黄鐘尾聲】雁兒！你寫西風曲似倉頡字，對南浦愁如宋玉詞。

恰春歸，早秋至。多寒温，少傳示。惱人腸，聒人耳。碎人心，墮人志。雁兒！直被你攛掇出無限相思，偏怎生不寄俺有情分故人書半紙?

徐再思

《録鬼簿》曰："再思字德可，嘉興人。好食甘飴，故號甜齋。有樂府行於世。其子善長，頗能繼其家聲。"

《太和正音譜》曰："徐甜齋之詞如桂林秋月。"

【雙調】蟾宫曲　江淹寺

紫霜毫是是非非，萬古虚名，一夢初回。失又何愁，得之何喜，悶也何爲？落日外蕭山翠微，小橋邊古寺殘碑。文藻珠璣，醉墨淋漓，何似班超，投却毛錐！

又　春情

平生不會相思，才會相思，便害相思。身似浮雲，心如飛絮，氣若遊絲。空一縷餘香在此，盼千金遊子何之？證候來時，正是何時：燈半昏時，月半明時！

又　贈粉英

温柔鄉里娉婷，清比梅花，更有餘清。玉蕊含香，瓊葩沁月，瑶萼裁冰。冠楊柳東風媚景，賦芙蓉夜月幽情。花下蘇卿，月下崔鶯。世上飛瓊，天上雙成。

【雙調】壽陽曲　春情

心疼事，腸斷詞，背秋千淚痕紅漬。剔春纖碎挼花瓣兒，就窗紗砌成愁字。

昨宵是，你自説，許著咱這般時節。到西厢等的人静也，又不成再推明夜？

【雙調】水仙子　夜雨

一聲梧葉一聲秋，一點芭蕉一點愁，三更歸夢三更後。落燈花棋未收，嘆新豐孤館人留。枕上十年事，江南二老憂，都到心頭。

又　春情

九分恩愛九分憂，兩處相思兩處愁，十年迤逗十年受。幾遍成幾遍休，半點事半點慚羞。三秋恨三秋感舊，三春怨三春病酒，一世害一世風流。

【雙調】清江引

相思有如少債的，每日相催逼。常挑着一擔愁，準不了三分利；這本錢見他時才算得！

【雙調】憑闌人　江行

鷗鷺江皋千萬灣，鷄犬人家三四間。逆流灘上灘，亂雲山外山。

【中吕】陽春曲（即喜春來） 贈海棠

玉環夢斷風流事，銀燭歌成富貴詞。東風一樹玉胭脂。雙燕子，曾見正開時。

【商調】梧葉兒 春思

芳草思南浦，行雲夢楚陽，流水恨瀟湘。花底春鶯燕，釵頭金鳳凰，被面綉鴛鴦。是幾等兒眠思夢想？

鴉鬢春雲亸，象梳秋月攲，鸞鏡曉妝遲。香漬青螺黛，盒開紅水犀，釵點紫玻璃。只等待風流畫眉！

劉　時　中

時中號逋齋，南昌人。

【雙調】折桂令　疏齋同賦木犀

似娟娟日暮娥皇，翠袖天寒，静倚修篁。悵望夫君，低徊掩抑，淡盡啼妝。貼體衫兒淡黄，掩胸訶子金裝。高潔幽芳，一片秋光，滿地清香。

【中吕】朝天子

瘦瓢，帶糟，將甕裹浮蛆舀。氤氲雙頰絳雲潮，春色添多少。稚子牽衣，山妻迎笑，急投床脚健倒。醉了，睡好，醉鄉廣大人間小！

【中吕】山坡羊　與邸明谷孤山游飲

詩狂悲壯，杯深豪放，恍然醉眼千峰上。意悠揚，氣軒昂，天風鶴背三千丈。浮生大都空自忙。功，也是謊；名，也是謊。

又　燕城述懷

雲山有意，軒裳無計，被西風吹斷功名淚。去來兮，便休提，青山盡解招人醉。得失到頭皆物理。得，他命裹；失，咱命裹。

【正宫】端正好 上高監司

衆生靈，遭磨障，正值著時歲饑荒。謝恩光拯濟皆無恙，編做本詞兒唱。

【滚綉毬】去年時正插秧，天反常。那裹取及時雨降，旱魃生四野炎傷。穀不登，麥不長，因此萬民失望，一日日物價高漲。十分料鈔加三倒，一斗粗糧折四量。煞是淒涼。

【倘秀才】殷實户欺心不良，停塌户瞞天不當。吞象心腸歹伎倆。穀中添粃屑，米内插粗糠，怎指望他兒孫久長！

【滚綉毬】甑生塵老弱飢，米如珠少壯荒。有金銀那裹每典當，盡枵腹高卧斜陽。剥榆樹餐，挑野菜嘗，吃黄不老勝如熊掌，蕨根粉以代糇糧。鵝腸苦菜連根煮，荻筍蘆蒿帶葉咗，只留下杞柳株樟。

【倘秀才】或是捶麻柘稠調豆漿，或是煮麥麩稀和細糖。他每早合掌擎拳謝上蒼。一個個黄如經紙，一個個瘦似豺狼，填街卧巷。

【滚綉毬】偷宰了些闊角牛，盜斫了些大葉桑。遭時疫無棺活葬，賤賣了些家業田莊。嫡親兒共女，等閒參與商。痛分離是何情況，乳哺兒没人要撇入長江。那裹取厨中剩飯杯中酒，看了些河裹孩兒岸上娘，不由我不哽咽悲傷。

【倘秀才】私牙子船灣外港，打過河中宵月朗。只發迹了些無徒米麩行。牙錢加倍解，賣麵處昏鈔兩般裝，昏鈔早先除了四兩。

【滚綉毬】江鄉前有義倉，積年係税務掌，借貸數補搭得十分停當，都侵用過官府行倉。那日勸糶到江鄉，按户口給月糧。富户都用錢買放，無實惠盡是虚樁。充飢畫餅誠堪笑，印信憑由却是謊，快活了些社長知房。

【伴讀書】磨滅盡諸豪壯，斷送了些閒浮浪。抱子携男扶筇杖，尫羸傴僂如蝦樣。一絲遊氣沿途創，擱淚汪汪。

【貨郎兒】見餓莩成行街上，乞匂攔門鬥搶。便財主每也懷金鵠立待其亡。感謝這監司主張，似汲黯開倉。披星戴月熱中腸，濟與糶親臨發放。見孤孀疾病無皈向，差醫煮粥分厢巷。更把贓輸錢分例米多般兒區處的最優良。衆飢民共仰，似枯木逢春，萌芽再長。

【叨叨令】有錢的販米穀置田莊添生放，無錢的少過活分骨肉無承望。有錢的納寵妾買人口偏興旺，無錢的受飢餒填溝壑遭災障。小民好苦也麽哥！小民好苦也麽哥！便秋收鬻妻賣子家私喪。

【三煞】這相公愛民憂國無偏黨，發政施仁有激昂。恤老憐貧，視民如子，起死回生，扶弱摧强。萬萬人感恩知德，刻骨銘心，恨不得展革垂繮。覆盆之下，同受太陽光。

【二煞】天生社稷真卿相，才稱朝廷作棟梁。這相公主見宏深，秉心仁恕，治政公平，蒞事慈祥。可與蕭曹比並，伊傅齊肩，周召班行。紫泥宣詔，花襯馬蹄忙。

【一煞】願得早居玉筍朝班上，佇看金甌姓字香。入闕朝京，攀龍附鳳，和鼎調羹，論道興邦。受用取貂蟬濟楚，衮綉峥嶸，珂珮丁噹。普天下萬民樂業，都知是前任綉衣郎。

【尾聲】相門出相前人奬，官上加官後代昌。活彼生靈恩不忘，粒我烝民德怎償。父老兒童細較量，樵叟漁夫曹論講。共説東湖柳岸旁，那裏清幽更舒暢。靠着雲卿蘇圃場，與徐孺子流芳挹清況。蓋一座祠堂人供養，立一統碑碣字數行。將德政因由都載上，使萬萬代官民見時節想。

楊　果

字正卿，號西庵，蒲陰人。官參政。《元史》有傳。《太和正音譜》曰："楊西庵之詞如花柳芳妍。"

【越調】小桃紅

碧湖湖上柳陰陰，人影澄波浸。常記年時對花飲。到如今，西風吹斷回文錦。羨他一對，鴛鴦飛去，殘夢蓼花深。

芡花菱葉滿秋塘，水調誰家唱。簾卷南樓日初上。採秋香，畫船隱去無風浪。爲郎偏愛，蓮花顏色，留作鏡中妝。

錦城何處是西湖，楊柳樓前路。一曲蓮歌碧雲暮。可憐渠，畫船不載離愁去。幾番曾過，鴛鴦汀下，笑煞月兒孤。

採蓮湖上採蓮嬌，新月淩波小。記得相逢對花酌。那妖嬈，殢人一笑千金少。羞花閉月，沉魚落雁，不恁也魂銷！

【仙吕】賞花時

秋水粼粼古岸蒼，蕭索疏籬偎短岡。山色日微茫。黄花嫩也，妝點馬蹄香。

【勝葫蘆】見一簇人家入屏障，竹籬折補苔墻，破設設柴門上張着破網。幾間茅屋，一竿風旆，摇曳掛長江。

【賺尾】晚風林，蕭蕭響，一弄兒淒涼旅況。見壁指一似桑榆侵着道旁，草橋崩柱摧梁。唱道向紅蓼灘頭，見個黑足吕的漁翁鬢似霜。靠着那駝腰拗樁，瘦累垂脖項，一鈎香餌釣斜陽。

又

卧枕着床染病疾，夢斷魂勞，怕飲食。不索請名醫。沉吟了半日，這證候兒敢蹺蹊？

【幺】滲的寒來恰驚起，忽的渾身如火氣，逼厭的皺了雙眉。豁的一會家精細，烘的半晌又昏迷。

【賺尾】減精神，添憔悴，把我這瘦損龐兒整理。對着那鏡兒裹容顔不認得，呆答孩轉轉猜疑。瘦腰圍寬盡羅衣，一日有兩三次頻將帶續兒移。覷了這淹煎病體，比東陽無異，不似俺害相思出落與外人知。

【仙吕】翠裙腰

鶯穿細柳翻金翅，遷上最高枝。海棠零亂飄階址，墮胭脂。共誰同唱送春詞？

【金盞兒】減容姿，瘦腰肢，綉床塵滿慵針指。眉懶畫，粉羞施，憔悴死。無盡閒愁將甚比，恰如梅子雨絲絲。

【緑窗愁】有客持書至，還喜却嗟咨。未數歸期約幾時，先拆破鴛鴦字。原來只是賣弄他風流浪子，夸翰墨顯文詞，枉用了身心空費了紙！

【賺尾】總虚脾，無實事，喬問候的言辭怎使。復别了花箋重作念，偏自家少負你相思。唱道再展放重讀，讀罷也無言暗切齒。沉吟了數次，駡你個負心賊堪恨，把一封寄來書都扯做紙條兒。

盧　摯

字處道，號疏齋，涿郡人。

貫雲石《陽春白雪序》曰："近代疏齋媚嫵，如仙女尋春，自然笑傲。"

【雙調】蟾宫曲

碧波中范蠡乘舟，殢酒簪花，樂以忘憂。盪蕩悠悠，點點秋江，白鷺沙鷗。急棹不過黄蘆岸白蘋渡口，且灣在緑楊堤紅蓼灘頭。醉時方休，醒時扶頭。傲煞人間，伯子公侯。

想人生七十猶稀，百歲光陰，先過了三十。七十年間，十歲頑童，十載尫羸。五十歲除分晝黑，剛分得一半兒白日。風雨相隨，兔走烏飛。仔細沉吟，都不如快活了便宜。

沙三伴哥來嗏，兩腿青泥，只爲撈蝦。太公莊上，楊柳陰中，磕破西瓜。小二哥昔涎剌塔，碌軸上淤着個琵琶。看蕎麥開花，緑荳生芽。無是無非，快活煞莊家!

【雙調】壽陽曲　别珠簾秀

才歡悦，早間别，痛煞煞好難割舍。畫船兒載將春去也，空留下半江明月。

【雙調】沉醉東風

拂塵土麻縧布袍，助江山酒聖詩豪。乾坤水上萍，日月籠中鳥，嘆浮生幾回年少。破屋春深雪未消，白髮催人易老。

南柯夢清香畫戟，北邙山壞塚殘碑。風雲變古今，日月搬興廢，爲功名枉爭閒氣。相位顯官高待則甚底，也不入麒麟畫裹！

雨過分畦種瓜，旱時引水澆麻。共幾個田舍翁，説幾句莊家話，瓦盆邊濁酒生涯。醉里乾坤大，任他高柳清風睡煞。

恰離了緑水青山那答，早來到竹籬茅舍人家。野花路畔開，村酒槽頭榨，直吃的欠欠答答。醉了山童不勸咱，白髮上黄花亂插。

白　賁

號无咎。

【雙調】百字折桂令

弊裘塵土壓征鞍，鞭倦裊蘆花。弓劍蕭蕭，一逕入烟霞。動羈懷西風木葉，秋水蒹葭。千點萬點，老樹昏鴉。三行兩行，寫長空啞啞，雁落平沙。曲岸西邊，近水灣魚網綸竿釣槎。斷橋東壁，傍溪山竹籬茅舍人家。滿山滿谷，紅葉黄花。正是傷感淒涼時候，離人又在天涯。

【正宫】鸚鵡曲

儂家鸚鵡洲邊住，是個不識字漁父。浪花中一葉扁舟，睡煞江南烟雨。　覺來時滿眼青山，抖擻緑簑歸去。算從前錯怨天公，甚也有安排我處?

馮　子　振

字海粟，攸州人。

貫雲石《陽春白雪序》曰："馮海粟豪辣灝爛，不斷古今，心事天輿，疏翁不可同舌共談。"

【正宫】鸚鵡曲　和白无咎韻

錢塘江上親曾住，司馬槱不是村父。縷金衣唱徹流年，幾陣紗窗梅雨。　夢回時不見犀梳，燕子又銜春去。便人間月缺花殘，是小小香魂斷處。（錢塘初夏）

長繩難繫虚名住，傾濁酒好勸鄰父。草亭前矮樹當門，畫出輕煙疏雨。　看燕南陌上紅塵，馬耳北風吹去。一年年月夜花朝，自占取溪山好處。（溪山好景）

嵯峨峰頂移家住，是個不唧嚁樵父。爛柯時樹老無花，葉葉枝枝風雨。　故人曾喚我歸來，却道不如休去。指門前萬疊雲山，是不費青蚨買處。（山亭逸興）

東家西舍隨緣住，是個忒老實愚父。賞花時暖薄寒輕，徹夜無風無雨。　占長紅小白園亭，爛醉不教人去。笑長安利鎖名繮，定没個身心穩處。（愚翁放浪）

江湖難比山林住，種果父勝刺船父。看春花又看秋花，不管顛風狂雨。　盡人間白浪滔天，我自醉歌眠去。到中流手脚忙時，則靠着柴扉深處。（感事）

【中吕】紅綉鞋　題小山蘇堤漁唱

東里先生酒興，南州高士文聲。玉龍嘶斷彩鸞鳴。水空秋月冷，山小暮天青，蘇公堤上景。

馬昂父

字九臯。

《太和正音譜》曰："馬九臯之詞如松陰鳴鶴。"

【正宫】蟾宫曲　嘆世

鷄羊鵝鴨休争，偶爾相逢，堪炙堪烹。天地中間，生老病死，物理常情。有一日符到奉行，只圖個月朗風清。笑殺劉伶，荷鍤埋屍，猶未忘形。

人生爾爾堪憐，富貴何時，又待問舍求田。想昨日秦宫，今朝漢闕，呀，可早晉地唐天。能幾許長安少年，急回頭兩鬢皤然。謾説求仙，百計千方，都不似尊前。

又　雪

天仙碎翦瓊瑶，點點楊花，片片鵝毛。這其間訪戴空回，尋梅懶去，獨酌無聊。一個飲羊羔紅壚畫閣，一個凍騎驢野店溪橋。你試評跋，那個清高，那個粗豪？

【雙調】慶東原　自笑

邵圃無荒地，嚴陵有順流。向終南捷徑争馳驟。老來自羞，學人種柳，笑殺沙鷗。從此便休官，已落淵明後。

【雙調】殿前歡　醉歸

醉歸來，入門下馬笑盈腮。笙歌接至朱簾外，夜宴重開。十年前一秀才，黄虀菜，打熬做文章伯。江湖氣概，風月情懷。

【中吕】陽春曲

坐聽西掖鐘初動，睡起東窗日影紅。山林朝市兩無窮。一夢中，尊有酒且從容。

耐驚耐怕黄虀甕，長滿長乾老酒盆。一貧盡可張吾軍。休忘本，尊有酒且論文。

胸中太華身難撼，舌底狂瀾口且緘。看渠暮四與朝三。呆大膽，尊有酒且醺酣。

周郎赤壁鏖兵後，蘇子扁舟載月秋。千年慷慨一時酬。今在否？尊有酒且綢繆。

芸窗月影吟情蕩，紙帳梅花醉夢香。覺來身世兩相忘。休妄想，尊有酒且疏狂。

歲雲暮矣雖無補，時復中之盡有餘。老來吾亦愛吾廬。清債苦，尊有酒且消除。

【中吕】山坡羊　西湖雜詠

山光如澱，湖光如練，一步一個生綃面。叩逋仙，訪坡仙，揀西湖好處都游遍。管甚月明歸路遠。船，休放轉；杯，休放淺。

晴雲輕漾，薰風無浪，開尊避暑争相向。映湖光，逞新妝，笙歌鼎沸南湖蕩。今夜且休回畫舫。風，滿座涼；蓮，入夢香。

疏林紅葉，芙蓉將謝，天然妝點秋屏列。斷霞遮，夕陽斜，山腰閃出間亭榭。分付畫船且慢者。歌，休唱徹；詩，乘興寫。

同雲叆叇，隨車縞帶，湖山化作瑶光界。且傳杯，莫驚猜，是西施傅粉呈新態。千載一時真快哉！梅，也綻開；鶴，也到來。

周文質

《録鬼簿》曰："文質字仲彬，其先建德人，後居杭州，因而家焉。體貌清癯，學問該博，資性工巧，文筆新奇。家世儒業，俯就路吏。善丹青，能歌舞，明曲調，諧音律。性尚豪俠，好事敬客。余與之交二十年，未嘗跬步離也。元統二年六月……公已抱病……十一月五日，卒於正寢。"

《太和正音譜》曰："周仲彬之詞如平原孤隼。"

【雙調】落梅風（即壽陽曲）

鸞凰配，鶯燕約，感蕭娘肯憐才貌。除琴劍又别無珍共寶，只一片至誠心要也不要？

【正宫】叨叨令　自嘆

築墻的曾入高宗夢，釣魚的也應飛熊夢。受貧的是個淒涼夢，做官的是個榮華夢。笑煞人也末哥！笑煞人也末哥！夢中又説人間夢。

又　悲秋

叮叮噹噹鐵馬兒乞留玎琅鬧，啾啾唧唧促織兒依柔依然叫，滴滴點點細雨兒淅零淅溜哨，瀟瀟灑灑梧葉兒失流疏刺落。睡不着也末哥！睡不着也末哥！孤孤另另單枕上迷颩模登靠。

【雙調】水仙子　紅指甲

柔荑春筍蘸丹砂，膩骨凝脂貼絳紗，多應泣血淹羅帕。灑事貧籌赪素甲，抹胭脂誤染冰楂。橫象管跳紅玉，理箏絃點落花，輕掐碎殘霞。

【越調】寨兒令

彈玉指，覷腰肢，想前生欠他憔悴死。錦帳琴瑟，羅帕胭脂，只落得害相思。曾約在桃李開時，到今日楊柳垂絲。假題情絶句詩，虛寫恨斷腸詞。嗤，都扯做紙條兒。

【越調】鬥鵪鶉　自悟

棄職張良，歸湖范蠡。拜納了紫綬金章，訪一道青山綠水。離了虎狼叢中，再不入麒麟畫裏。你看承的爵祿高，覷的你性命低；捨死忘生，爭宣競勅。

【紫花兒】指不過重茵而卧，列鼎而食，那一個拂袖而歸。急流中勇退，見賢思齊。誰及，寧武子、左丘明、孔仲尼，這三人邦有道則仕。齊國中智殺孫龐，首陽山餓死夷齊。

【鬼三臺】恁那英雄輩，待爭名利，爲功名將性命虧。笑豫讓、嘆鉏麑，待圖個甚底？論才能壓着晉李儀，論功勛勝似燕樂毅。才廣傷身，高官害己。

【聖藥王】我近七十，恰省的老而不死是爲賊。問甚麼鹿道做馬，鳳喚做鷄。葫蘆今後大家提，別辨是和非。

【調笑令】我每日，只吃的醉如泥，除睡人間總不知。戒之在鬥緣何意，是在與他爭名奪利。問甚麼金銀垛到北斗齊，也難逃生死輪迴。

【聖藥王】一任兔走的疾、烏緊飛，相隨莫得却相違。酒滿斟，菊滿籬，只吃的席前花影坐間移。嘆白髮故人稀。

【尾】子房公會納歸山計，暢好是識進退歸湖范蠡。歸山去的伴着翠巍巍千丈嶺頭雲，歸湖去的趁著那綠湛湛長江萬頃水。

姚　燧

號牧庵，洛陽人。官參政。《元史》有傳。

【越調】憑闌人　寄征衣

欲寄君衣君不還，不寄君衣君又寒。寄與不寄間，妾身千萬難！

【越調】憑闌人

博帶峨冠年少郎，高髻雲鬟窈窕娘。我文章你艷妝，你一斤咱十六兩。

馬上牆頭瞥見他，眼角眉尖他逗咱。論文章他愛咱，睹妖嬈咱愛他。

【中吕】醉高歌　感懷

榮枯枕上三更，傀儡場頭四並。人生幻化如泡影，那個臨危自省？

劉庭信

《堯山堂外紀》曰："庭信乃南臺御史庭翰之族弟，俗呼黑劉五。"

《太和正音譜》曰："劉庭信之詞如摩雲老鶻。"

【雙調】水仙子

秋風颯颯撼蒼梧，秋雨瀟瀟響翠竹，秋雲黯黯迷煙樹。三般兒一樣苦，苦的人魂魄全無。雲結就心間愁悶，雨少似眼中淚珠，風做了口內長吁。

蝦鬚簾控紫銅鈎，鳳髓茶閒碧玉甌，龍涎香冷泥金獸。繞雕闌倚畫樓，怕春歸緑慘紅愁。霧濛濛丁香枝上，雲淡淡桃花洞口，雨絲絲梅子墻頭。

【雙調】折桂令

想人生最苦離別。三個字細細分開，淒淒涼涼，無了無歇。別字兒半晌痴呆，離字兒一時折散，苦字兒兩下裏堆疊。他那裏鞍兒馬兒身子兒劣怯，我這裏眉兒眼兒臉腦兒乜斜。側着頭叫一聲行者，閣着淚説一句聽者。得官時先報期程，丟丟抹抹遠遠的迎接。

想人生最苦離別。唱到陽關，休唱三疊。急煎煎抹淚揉眵，意遲遲揉腮撧耳，呆答孩閉口藏舌。情兒分兒你心裏記者，病兒痛兒我身上添些。家兒活兒既是拋撇，書兒信兒是必休絶。花兒草兒打聽的風聲，車兒馬兒親自來也。

想人生最苦離別。雁杳魚沉，信斷音絶。嬌模樣甚實曾丢抹，好時光誰曾受用，窮家活逐日繃拽。才過了一百五日上墳的日月，早來到二十四夜祭竈的時節。篤篤寞寞終載巴結，孤孤另另徹夜咨嗟。歡歡喜喜盼的他回來，淒淒涼涼老了人也！

【雙調】雁兒落帶得勝令

一年老一年，一日没一日。一秋又一秋，一輩催一輩。　一聚一别離，一喜一傷悲。一榻一身卧，一生一夢裏。尋一火相識，他一會咱一會。都一般相知，吹一會唱一會。

【正宫】醉太平　憶舊

泥金小簡，白玉連環。牽情惹恨兩三番，好光陰等閒。景闌珊綉簾風軟楊花散，淚闌干緑窗雨灑梨花綻。錦闌斑香閨春老杏花殘，耐薄情未還！

又　春雨

阻鶯儔燕侶，漬蝶翅蜂須。東風簾幕冷珍珠，寒生院宇。響琮琤滴碎瑶階玉，細溟濛潤透紗窗緑，濕模糊洗淡畫闌朱，這的是梨花暮雨。

姚　守　中

牧庵之侄，官平江路吏。

《太和正音譜》曰："姚守中之詞如秋月揚輝。"

【中吕】粉蝶兒　代牛訴冤

性魯心愚，住煙村飽諳農務。醜則醜堪畫堪圖，杏花村，桃林野，春風幾度。疏林外紅日西晡，載吹笛牧童歸去。

【醉春風】緑野喜春耕，一犁江上雨。力田扶耙受驅馳，因爲主甘分受苦、苦。經了些横雨斜風，酷寒盛暑，暮煙曉霧。

【紅綉鞋】牧放在芳草岸白蘋古渡，嬉游於緑楊堤紅蓼平湖。畫工描我在遠山圖。助田單英勇陣，駕老子驀山車，古今人吟未足。

【石榴花】朝耕暮墾費工夫，辛苦爲誰乎？一朝染患倒在官衢。見一個宰輔，借問農夫，氣喘因何故，聽説罷感嘆長吁。那官人勸課還朝去，題着咱名字奏鸞輿。

【鬥鵪鶉】他道我爲國於民，受千辛萬苦。每日向堰口拖船，渡頭拽車，勇性天生膽氣粗，從來不怕虎。爲伍的是伴哥王留，受用的是村歌社鼓。

【上小樓】感謝中書部，符行移諸處。所在官司，禁治嚴明，遍下鄉都。里正行，社長行，叮嚀省諭：宰耕牛的捕獲申路。

【幺】食我者肌膚未肥，賣我者家私不富。若是老病殘疾，卒中身亡，不堪耕鋤。告本官，送本都，從公發付；閃得我醜屍骸不着墳墓。

【滿庭芳】銜冤負屈，春工辦足，却待閒居。圈門前見兩個人來覷，多應是將我窺圖。一個曾受戒南莊上的忻都，一個是累經斷北漚王居。好交我心驚慮，若是將咱賣與，一命須臾！

【十二月】心中畏懼，意下躊躇。莫不待將我釁鐘，不忍其觳觫。那思想耕牛爲主，他則是嗜利而圖。

【堯民歌】被這廝添錢買我離桑樞，不睹是牽咱過前途。一聲頻嘆氣長吁，兩眼恓惶淚如珠。凶徒、凶徒，貪財性狠毒，綁我在將軍柱。

【耍孩兒】只見他手持刀器將咱覷，諕得我戰撲速魂歸地府。登時間滿地血模糊，碎分張骨肉皮膚。尖刀兒割下薄刀兒切，官秤稱來私秤估。應捕人在傍邊覷；張彈壓先撞了膊項，李弓兵强要了胸脯。

【五煞】却不道聞其聲不忍食其肉，剗地加料物寬鍋中爛煮。煮得美甘甘香噴噴軟如酥，把從前的主顧招呼。他則道三分爲本十分利，那裏問一失人身萬劫無。有一等貪餔啜的喬人物，就本店隨機兒索喚，買歸家取意兒庖厨。

【四煞】或是包饅頭待上賓，或是裹餛飩請伴侶，向磁罐中軟火兒葱椒焬。勝如黄犬能醫冷，賽過胡羊善補虚。添幾盞椒花露，你裝的肚皮飽旺，我的性命何辜！

【三煞】我本是時苗留下犢，田單用過牯。勤耕苦戰功無補，也比那展草垂繮義有餘。我是個直錢底物，有我時田園開闢，無我時倉廩空虚。

【二煞】泥牛能報春，石牛能致雨，耕牛運土遭誅戮。從今後草坡邊野鹿無朋友，麥壠上山羊失了伴侶。那的是我傷情處，再不見柳梢殘月，再不見古木昏烏。

【一煞】觔兒鋪了弓，皮兒鞔做鼓，骨頭兒賣與釵環鋪。黑角兒做就烏犀帶，花蹄兒開成玳瑁梳。無一件抛殘物，好材兒賣與了靴匠，碎皮兒回與田夫。

【尾】我元陽壽未終，死得真個屈苦。告你個閻羅王正直無私曲，訴不盡平生受過的苦！

趙　善　慶

字文寶，饒州樂平人。任陰陽學正。

《太和正音譜》曰："趙文寶之詞如藍田美玉。"

【越調】寨兒令　早春游湖

景物新，艷晨昏，山氣張天成緑雲。畫舫紅裙，紫陌遊人，香軟馬蹄塵。棹漣漪水皺羅紋，破韶華桃露朱唇。湖風肥柳綫，堤雨厚莎茵。春，又早二三分。

【雙調】沉醉東風　秋日湘陰道中

山對面藍堆翠岫，草齊腰緑染沙洲。傲霜橘柚青，濯雨蒹葭秀，隔滄波隱隱江樓。點破瀟湘萬頃秋，是幾葉兒傳黄敗柳。

【雙調】折桂令　湖山堂

小窗開水月交光，詩酒罌臺，鶯燕排場。歌扇摇風，梨雲飄雪，粉黛生香。紅袖臺已更舊邦，白頭民猶説新堂。花妒幽芳，人换宫妝；惟有湖山，不管興亡！

【中吕】普天樂　江頭秋行

稻粱肥，蒹葭秀。黄添籬落，緑淡汀洲。木葉空，山容瘦，沙鳥翻風知潮候，望煙江萬頃沉秋。半竿落日，一聲過雁，幾處危樓。

【中吕】山坡羊　長安懷古

驪山横岫，渭水環秀，山河百二還如舊。狐兔悲，草木秋，秦宫隋苑徒遺臭。唐闕漢陵何處有？山，空自愁；河，空自流。

任　昱

字則明，四明人。

【雙調】水仙子　幽居

小堂不閉野雲封，隔岸時聞澗水舂，比鄰分得山田種。宦情淡歸興濃，想從前錯怨天公。食禄黄虀甕，忘憂緑酒鐘，未必全窮。

【中吕】紅綉鞋　湖上

新亭館相迎相送，古雲山宜淡宜濃。畫船歸去有漁篷。隨人松嶺月，醒酒柳橋風，索詩紅袖擁。

又　春情

暗朱箔雨寒風峭，試羅衣玉減香銷。落花時節怨良宵。銀臺燈影淡，綉枕淚痕交，團圓春夢少。

又　重到吴門

槐市歌闌酒散，楓橋雨霽秋殘。舊題猶在畫樓間。泛湖賒看月，尋寺强登山，比陶朱心更懶。

芳草岸能言鴨睡，荻花洲供饌鱸肥。天平山翠近金杯。水多寒氣早，野闊暮空低，隔秋雲漁唱起。

【越調】小桃紅　指甲

桃腮輕托玉纖微，有恨彈珠淚。曾整金釵動春意。數歸期，等閒掐損闌干翠。拈花露濕，剖橙香膩，宜捧紫霞杯。

曹 明 善

《録鬼簿》曰："明善，衢州路吏。甘於自適。今在都下。有樂府，華麗自然，不在小山之下。即賦《長門柳》二詞者。"

【雙調】沉醉東風

新分下庭前竹栽，旋綯得缸面茅柴。媸蛋鷄，和根菜，小杯盤曾慣留客。活潑剌鮮魚米换來，只除了柴都不買。

茅舍寬如釣舟，老夫閒似沙鷗。江清白髮明，霜早黄花瘦，但開尊沉醉方休。江糯吹香滿穗秋，又打勾重陽釀酒。

楓林晚家家步錦，菊籬秋處處分金。羞將寶劍看，醉把瑶琴枕，没三杯著甚消沉。若論到機深禍亦深，却不是淵明好飲。

【雙調】慶東原　江頭即事

低茅舍，賣酒家。客來旋把朱簾掛。長天落霞，方池睡鴨，老樹昏鴉。幾句杜陵詩，一幅王維畫。

【雙調】清江引　詠柳

長門柳絲千萬結，風起花如雪。離别復離别，攀折更攀折。苦無多舊時枝葉也！

長門柳絲千萬縷，總是傷心樹。行人折嫩條，燕子銜輕絮。都不由鳳城春做主。

李　致　遠

未詳仕履。

《太和正音譜》曰：“李致遠之詞如玉匣昆吾。”

【越調】小桃紅　碧桃

穠華不喜污天真，玉瘦東風困。漢闕佳人足風韻。唾成痕，翠裙翦翦瓊肌嫩。高情厭春，玉容含恨，不賺武陵人。

【雙調】落梅風

斜陽外，春雨足。風吹皺一池寒玉。畫樓中有情人正苦，杜鵑聲莫啼歸去。

王　　曄

《録鬼簿》曰：“曄字日華，杭州人。體豐肥而善滑稽。能詞章樂府。臨風對月之際，所製工巧。有與朱士凱題《雙漸小卿問答》，人多稱賞。”

【雙調】慶東原

黄肇退狀

于飛燕，並蒂蓮，有心也待成姻眷。吃不過雙生强嗬，當不過馮魁鬥謳，甘不過蘇氏胡掮。且交割麗春園，免打入卑田院。

【雙調】天香引

問　蘇　卿

俏排場慣見曾經，自古惺惺，愛惜惺惺。燕友鶯朋，花陰柳影，海誓山盟。那一個堅心志誠？那一個薄倖雜情？只問蘇卿：是愛馮魁？是愛雙生？

答

平生恨落風塵，虚度年華，減盡精神。月枕雲窗，錦衾綉縟，柳户花門。一個將百十引江茶問肯，一個將數十聯詩句求親。心事紛紜，待嫁了茶商，怕誤了詩人。

【雙調】鳳引雛（即殿前歡）

再　問

小蘇卿，言詞道來不實誠。江茶詩句相兼併，那件著情？休胡蘆提二面應，相徯倖，端的接誰紅定？休教勘問，便索招承！

答

滿懷冤，被馮魁掩撲了麗春園。江茶萬引誰情願，聽妾明言。多情小解元，休埋怨，俺違不過親娘面。一時間不是，誤走上茶船。

【雙調】淩波仙

駁

明明的退佃麗春園，暗暗的開除了雙解元；磣可可説下神仙願，却原來都是謾，再誰聽甜句兒留連。同他行坐，和他過遣，怎做的誤走上茶船！

招

書生俊俏却無錢，茶客村虔倒有緣，孔方兄教得俺心窨變；胡蘆提過遣，如今是走上茶船。拜辭了呆黄肇，上覆那雙解元，休怪咱不赴臨川！

【雙調】天香引

問馮魁

馮魁㗖你自尋思，這樣嬌姿，効了琴瑟。不用紅娘，只留紅定，便繫紅絲。量你呵有甚風流浪子，怎消得多情俊俏猱兒。供吐實詞，説了緣由，辨個妍媸。

【雙調】淩波仙

答

黄金鑄就劈開刀，茶引糊成劃怪鍬，廬山鳳髓三千號，陪酥油盡力攪，雙通叔你自才學。我揣與娘通行鈔，他掂了咱傳世寶，看誰能够鳳友鸞交！

【雙調】天香引

問雙漸

小蘇卿窨變了心腸，改抹了姻緣，倒换排場。强拆鴛鴦，輕分鶯燕，失配鸞凰。實丕丕兜籠了富商，虚飄飄蹬脱了才郎。你試思量，不害相思，也受淒涼。

【雙調】淩波仙

答

陽臺雲雨暫教晴，金斗風波且慢行；小蘇卿是接了馮魁定，俏書生便噤聲，没來由閒戰閒争。非干是咱薄倖，既然是他淺情，我着甚乾害心疼！

【雙調】天香引

問黃肇

麗春園黃肇姨夫，人道你聰明，我道你胡突。蘇氏掂倈，雙生搠滰，你剗地妝孤。怕不你身上知心可腹，争知他根前似水如魚。休强支吾，這樣恩情，便好開除。

【雙調】淩波仙

答

風流雙漸慣輪鍘，瀾浪蘇卿能跳塔。小機關背地裏商量下，把俺做皮燈籠看待咱。從來道水性難拿。從他訕過，由他演撒，終只是個路柳墻花。

【雙調】天香引

問蘇媽媽

蘇婆婆常只是熬煎，臨逼得孩兒，一謎地胡搧。使會虚脾，著些甜唾，引起頑涎。用力的從教氣喘，著昏的一任頭旋。只爲貪錢，將個嬋娟，賣上茶船。

【雙調】淩波仙

答

有錢的問甚紙糊鍬，没鈔由他古錠刀。是誰俊俏誰村拗，俺老人家不性索，馮員外將響鈔遮著。雙生咷休乾鬧，黄肇嗏且莫焦，價高的俺便成交。

議　擬

雙生好去覓前程，黄肇休來戀寡情。馮魁統鏝剛婚聘，老虔婆指證的明，小蘇卿既已招承。風月所成文案，鶯花寨擬罪名，麗春園依例施行。

陳　德　和

履貫未詳。

【雙調】落梅風　浩然騎驢

窮東野，忒好奇，凍得來戰欽欽地。待吟詩滿前都是題，偏則麽灞橋驢背！

又　袁安高卧

身貧暴，志趣高，羨袁安那時清操。縱如今閉門僵睡著，道是盡教他忍甘傲。

又　游揚侍立

立來倦，睡未足，覷門前雪深迷路。師父覺來遲半步，忍不得也索回去。

又　泛剡王猷

乘雪夜，訪故人，剡溪冰短篷難進。凍歸來怕人胡議論，强支吾道興來還盡。

鍾　嗣　成

字繼先，號醜齋，汴梁人。累試不第。視從吏不屑爲。著《録鬼簿》，品評當代曲家。

《太和正音譜》曰：“鍾繼先之詞如騰空寶氣。”

【正宫】醉太平

俺是悲田院下司，俺是劉九兒宗枝。鄭元和俺當日拜爲師，傳留下蓮花落稿子。搠竹杖繞遍鶯花市，提灰筆寫就鴛鴦字，打爻槌唱會鷓鴣詞，窮不了俺風流敬思！

【雙調】清江引

采薇首陽空忍饑，枉了争閒氣。試問屈原醒，争似淵明醉。早尋個穩便處閒坐地。

到頭那知誰是誰，倏忽人間世。百年有限身，三寸元陽氣。早尋個穩便處閒坐地。

鳳凰燕雀一處飛，玉石俱同類。分甚高共低，辨甚真和僞。早尋個穩便處閒坐地。

道人淡然心似灰，酒色俱無意。絶交鸚鵡杯，退佃鴛鴦被。早尋個穩便處閒坐地。

古今盡成閒是非，翻覆興和廢。休夸韓信功，謾説陳平智。早尋個穩便處閒坐地。

利名假饒争到底，争得成何濟？誰爲刎頸交，那是安窠計？早尋個穩便處閒坐地。

又 情

夜長怎生得睡著，萬感縈懷抱。伴人瘦影兒，惟有孤燈照。長吁氣一聲吹滅了。

昨先話兒説甚底，今日都翻悔。直恁鐵心腸，不管人憔悴。下場頭送了我都是你！

【雙調】沉醉東風

聽不厭鸞笙象板，看不足鳳髻蟬鬟。按不住刺史狂，學不得司空慣，常不教粉吝紅慳。若不把群花恣意看，飽不了平生餓眼。

【南吕】一枝花

生居天地間，禀受陰陽氣。既爲男子身，須入世俗機。所事堪宜，件件可咱家意。子爲評跋上惹是非。折莫煞舊友新知，才見了著人笑起。

【梁州】子爲外貌兒不中擡舉，因此内才兒不得便宜。半生未得文章力。空自胸藏錦綉，口唾珠璣。争奈灰容土貌，缺齒重頤。更兼著細眼單眉，人中短髭鬢稀稀。那裏取陳平般冠玉精神，何晏般風流面皮，那裏取潘安般俊俏容儀。自知，就裏，清晨倦把青鸞對。恨殺爺娘不争氣。有一日黄榜招收醜陋的，準擬奪魁。

【隔尾】有時節軟烏紗抓劄起鑽天髻，乾皂靴出落著簌地衣。向晚乘閒後門立。猛可地笑起，似一個甚的，恰便似現世鍾馗諕不殺鬼。

【牧羊關】冠不正相知罪，貌不揚怨恨誰？那裏也尊瞻視貌重招威。枕上尋思，心頭怒起。空長三十歲，暗想九千回。恰便似木上節難鎊鐻，胎中疾没藥醫。

【賀新郎】世間能走的不能飛。饒你千件千宜，百伶百俐。閒中解盡其中意，暗地裏自恁解釋，倦閒遊出塞臨池。臨池魚恐墜，出塞雁驚飛，入園林俗鳥應迴避。生前難入畫，死後不留題。

【隔尾】寫神的要得丹青意，子怕你巧筆難傳造化機。不打草兩般兒可同類？法刀鞘依着格式，妝鬼的添上嘴鼻，眼巧何須樣子比！

【哭皇天】饒你有拿霧藝衝天計，誅龍局段打鳳機。近來論世態，世態有高低，有錢的高貴，無錢的低微。那裏問風流子弟，折末顔如灌口、貌賽神仙、洞賓出世、宋玉重生，設答了鏝的，夢撒了寮丁，他采你也不見得。枉自論黄數黑，談説是非。

【烏夜啼】一個斬蛟龍秀士爲高第，昇堂室今古誰及。一個射金錢武士爲夫婿，韜略無敵，武藝深知。醜和好自有是和非，文和武便是傍州例。有鑒識，無嗔諱。自花白寸心不昧，若説謊上帝應知。

【收尾】常記得半窗夜雨燈初昧，一枕秋風夢未回。見一人、請相會，道咱家、必高貴，既通儒、又通吏，既通疏、又精細，一時間、失商議，既成形、悔不及，子交你、請俸給，子孫多、夫婦宜，貨財充、倉廩實，禄福增、壽算齊，我特來、告你知，暫相别、恕情罪。嘆息了幾聲，懊悔了一會。覺來時記得，記得他是誰，元來是不做美當年的捏胎鬼！

朱 庭 玉

《太和正音譜》曰："朱庭玉之詞如百卉爭芳。"

【雙調】行香子　别恨

煙草萋萋，霜葉飛飛，落閒階不管狼籍。雁兒才過，燕子先歸。盼佳音，無佳信，誤佳期。

【幺】簾幕空垂，院宇幽悽，步回廊自恨别離。鬅鬆鬢髮，瘦減腰圍。見人羞，驚人問，怕人知。

【喬木查】但憑高望遠，漫把闌干倚。不信功名猶未已。知他何處也，歌酒狂迷。

【天仙令】相思憶，長是淚沾衣。恨滿西風，情隨逝水。閒恨與閒情，何日終極？傷心眼前無限景，都撮上愁眉。

【離亭宴煞】櫓聲齊和歸帆急，漁歌漸遠鳴榔息。尖青寸碧，遥岑疊蝀連天際。暮靄生，孤煙起，掩映殘霞落日。江上兩三家，山前六七里。

吕　止　庵

《太和正音譜》曰："吕止庵之詞如晴霞結綺。"

【仙吕】醉扶歸

瘦後因他瘦，愁後爲他愁。早知伊家不應口，誰肯先成就。營勾了人也罷手，吃了我些酩子裏駡低低兒兇。

頻去教人講，不去自家忙。若得相思海上方，不到得害這些閒魔障。你笑我眠思夢想，只不輪到你頭直上。

有意同成就，無意大家休。幾度相思幾度愁，風月虚遥授。你若肯時肯，不肯時罷手，休把人空掩逗。

【越調】天净沙　爲董針姑作

夜深時獨綉羅鞋，不言語倒在人懷。做意兒將人不睬。甚娘作怪，綉針兒簽着敲才。

海棠輕染胭脂，緑楊亂撒青絲。對對鶯兒燕子。傷心獨自，綉針兒停待多時。

蒲察善長

履貫未詳。

【雙調】新水令

聽樓頭晝鼓打三更，綉幃中枕餘衾剩。明朗朗窗前月，昏慘慘榻前燈。我這裏獨倚定幃屏，檐間鐵好難聽。

【駐馬聽】聒煞我也當當丁丁，恰便似再出世陳摶睡不成。度一宵如同百歲，挨一朝勝似三春。金爐香燼酒初醒，孤眠那怕心腸硬。閒愁可慣經，惟有相思最是難熬的證！

【喬牌兒】一回家睡不着獨自個寢，非干是咱薄倖。没來由簪折瓶沉井，將鴛鴦兩下裏分。

【雁兒落】常想花前携手行，月下肩相並；羅衾翻浪紅，玉腕相交定。

【得勝令】捨不得翠彎眉黛遠山青，紅馥馥桃臉嵌朱唇；細裊裊楊柳腰肢瘦，齊臻臻青絲髻綰雲。天生下精神，更那堪十指纖纖嫩。描不就丹青，比觀音少個净瓶。

【川撥棹】不由我淚盈盈，聽長空孤雁聲。雁兒你與我暫住雲程，聽我叮嚀：自别多情，我其實挨不過衾寒枕冷，相思病積漸成。

【七弟兄】雁兒你却是怎生？暫停，聽我訴離情。一封書與你牢拴定；快疾忙飛過蓼花汀，那人家近水長門静。

【梅花酒】雁兒呀呀的叫幾聲，驚起那人聽。題着咱名姓，他自出來相迎。從別後不見影，閃得人亡了魂靈。羅幃中愁怎禁，只爲他掛心情，朝忘餐淚如傾，曲慵唱酒慵斟。

【收江南】雁兒可憐見今宵獨自個冷清清，你與我疾回疾轉莫留停。山遥水遠煞勞神。雁兒天道兒未明，且休要等閒尋伴宿沙汀。

【尾】你是必休辭雲淡風力緊，我這裏憑誰醫治相思病！傳示我可意情人，休辜負海誓山盟。唱道性命也似看承，心脾般欽敬。準辦你鵬程，我這裏獨守銀釭慢慢的等。

吴 仁 卿

《録鬼簿》曰："字弘道，號克齋先生，歷仕府判致仕。"
《太和正音譜》曰："吴仁卿之詞如山間明月。"

【南吕】金字經

太平誰能見，萬村桑柘煙。便是風調雨順年。田，緑雲無盡邊。窮知縣，日高猶自眠。

這家村醪盡，那家醅甕開。賣了肩頭一擔柴；哈，酒錢懷内揣。胡蘆在，大家提去來。

夢中邯鄲道，又來走這遭。須不是山人索價高。嘲，虚名何處逃。誰驚覺，曉霜侵鬢毛。

今人不飲酒，古人安在哉！有酒無花眼倦開。鼓吹臺，玉人扶下階。妨何礙，青春不再來。

海棠秋千架，洛陽官宦家。燕子堂深竹映紗。嗏，路人休問他。夕陽下，故宫驚落花。

【雙調】撥不斷

泛浮槎，寄生涯，長江萬里秋風駕。稚子和煙煮嫩茶，老妻帶月包新鮓。醉時閒話。

吴西逸

《太和正音譜》曰："吴西逸之詞如空谷流泉。"

【雙調】折桂令　山間書事

繫門前柳影蘭舟，煙滿吟篷，風漾閒鈎。石上雲生，山間樹老，橋外霞收。玩青史低頭袖手，問紅塵緘口回頭。醉月悠悠，漱石休休。水可陶情，花可融愁。

鄧玉賓

《録鬼簿》曰："鄧玉賓官同知。"

《太和正音譜》曰："鄧玉賓之詞如幽谷芳蘭。"

【正宫】叨叨令　道情

一個空皮囊包裹着千重氣，一個乾骷髏頂戴着十分罪。爲兒女使盡些拖刀計，爲家私費盡些擔山力。您省的也麽哥！您省的也麽哥！這一個長生道理何人會？

周德清

字挺齋，高安人。

《太和正音譜》曰：“周德清之詞如玉笛橫秋。”

【正宫】塞鴻秋　潯陽即景

長江萬里白如練，淮山數點青如澱。江帆幾片疾如箭，山泉千尺飛如電。晚雲都變露，新月初學扇。塞鴻一字來如綫。

【雙調】折桂令　别友

唾珠璣點破湖光，千變雲霞，一字文章。吴楚東南，江山雄壯，詩酒清狂。正鷄黍樽前月朗，又鱸蓴江上風涼。記取他鄉，落日觀山，夜雨連床。

【中吕】陽春曲　秋思

千山落葉巖巖瘦，百結柔腸寸寸愁。有人獨倚晚妝樓。樓外柳，眉葉不禁秋。

又　贈歌者韓壽香

素梅又見樽前唱，紅葉何時水上忙。姓名端的不尋常。韓壽香，一字暗包藏。

【中呂】紅綉鞋

雪意商量酒價，風光投奔詩家。準備騎驢探梅花。幾聲沙嘴雁，數點樹頭鴉，説江山憔悴煞。

【中呂】朝天子　書所見

鬢鴉，臉霞，屈殺將陪嫁。規模全是大人家，不在紅娘下。笑眼偷瞧，文談回話，真如解語花。若咱，得他，倒了蒲萄架。

張　養　浩

字希孟，號雲莊，濟南人。官至陝西行臺中丞。謚文忠。《元史》有傳。

《太和正音譜》曰："張雲莊之詞如玉樹臨風。"

【雙調】慶東原

鶴立花邊玉，鶯鳴樹杪絃，喜沙鷗也解相留戀。一個沖開錦川，一個啼殘翠煙，一個飛上青天。詩句欲成時，滿地雲撩亂。

【雙調】雁兒落帶過得勝令　退隱

雲來山更佳，雲去山如畫。山因雲晦明，雲共山高下。　倚杖立雲沙，回首見山家。野鹿眠山草，山猿戲野花。雲霞，我愛山無價。看時行踏，雲山也愛咱。

【中呂】紅綉鞋

正膠漆當思勇退，到參商才説歸期。只恐范蠡張良笑人痴。儹着胸登要路，睁着眼履危機，直到其間誰救你！

【中吕】山坡羊　北邙山懷古

悲風成陣，荒煙埋恨，碑銘殘缺應難認。知他是漢朝君，晉朝臣，把風雲慶會消磨盡。都做北邙山下塵。便是君，也唤不應；便是臣，也唤不應！

又　潼關

峰巒如聚，波濤如怒，山河表裏潼關路。望西都，意踟蹰，傷心秦漢經行處。宫闕萬間都做了土。興，百姓苦；亡，百姓苦！

睢　景　臣

《録鬼簿》曰："景臣，後字景賢。大德七年，公自維揚來杭州，余與之識。自幼讀書，以水沃面，雙眸紅赤，不能遠視。心性聰明，酷嗜音律。維揚諸公，俱作《高祖還鄉》套數，惟公《哨遍》，製作新奇，（諸公）皆出其下。又有《南吕一枝花》題情云：'人間燕子樓，被冷鴛鴦錦。酒空鸚鵡盞，釵折鳳凰金。'亦爲工巧，人所不及也。"

《太和正音譜》曰："睢景臣之詞如鳳管秋聲。"

【般涉調】哨遍　高祖還鄉

社長排門告示，但有的差使無推故。這差使不尋俗。一壁厢納草除根，一邊又要差夫，索應付。又言是車駕，都説是鑾輿，今日還鄉故。王鄉老執定瓦臺盤，趙忙郎抱着酒胡蘆。新刷來的頭巾，恰糨來的綢衫，暢好是裝么大户。

【耍孩兒】瞎王留引定火喬男女，胡踢蹬吹笛擂鼓。見一彪人馬到莊門，匹頭裏幾面旗舒。一面旗白胡闌套住個迎霜兔，一面旗紅曲連打着個畢月烏，一面旗鷄學舞，一面旗狗生雙翅，一面旗蛇纏葫蘆。

【五煞】紅漆了叉，銀錚了斧，甜瓜苦瓜黄金鍍。明晃晃馬鐙鎗尖上挑，白雪雪鵝毛扇上鋪。這幾個喬人物，拿着些不曾見的器仗，穿着些大作怪衣服。

【四煞】 轅條上都是馬，套頂上不見驢。黄羅傘柄天生曲。車前八個天曹判，車後若干遞送夫。更幾個多嬌女，一般穿着，一樣妝梳。

【三煞】 那大漢下的車，衆人施禮數。那大漢覷得人如無物。衆鄉老展脚舒腰拜，那大漢那身着手扶。猛可裏擡頭覷，覷多時認得，險氣破我胸脯。

【二煞】 你身須姓劉，你妻須姓吕。把你兩家兒根脚從頭數。你本身做亭長耽幾盞酒，你丈人教村學讀幾卷書。曾在俺莊東住，也曾與我餵牛切草，拽埧扶鋤。

【一煞】 春採了桑，冬借了俺粟，零支了米麥無重數。換田契强秤了麻三秤，還酒債偷量了豆幾斛。有甚胡突處，明標着册曆，見放着文書。

【尾】 少我的錢差發内旋撥還，欠我的粟税糧中私準除。只道劉三誰肯把你揪捽住，白甚麽改了姓更了名唤做漢高祖！

查德卿

未詳仕履。

《中原音韻》曰："陳克明所作俊詞也。"

《太平樂府》題查德卿。淡齋元人，當可信。

【黄鐘】一半兒　擬美人八詠

梨花雲繞錦香亭，蝴蝶春融軟玉屏。花外鳥啼三四聲。夢初驚，一半兒昏迷一半兒醒。（春夢）

瑣窗人静日初曛，寶鼎香消火尚温。斜倚綉床深閉門。眼昏昏，一半兒微開一半兒盹。（春困）

自將楊柳品題人，笑拈花枝比較春，輸與海棠三四分。再偷匀，一半兒胭脂一半兒粉。（春妝）

厭聽野鵲語雕檐，怕見楊花撲綉簾。拈起綉針還倒拈。兩眉尖，一半兒微舒一半兒斂。（春愁）

海棠紅暈潤初妍，楊柳纖腰舞自偏。笑倚玉奴嬌欲眠。粉郎前，一半兒支吾一半兒軟。（春醉）

緑窗時有唾茸粘，銀甲頻將彩綫撏。綉到鳳凰心自嫌。按春纖，一半兒端相一半兒掩。（春綉）

柳綿撲檻晚風輕，花影横窗淡月明。翠被麝蘭薰夢醒。最關情，一半兒温温一半兒冷。（春夜）

自調花露染霜毫，一種春心無處托。欲寫寫殘三四遭。絮叨叨，一半兒連真一半兒草。（春情）

【仙吕】寄生草 感嘆

姜太公賤賣了磻溪岸，韓元帥命博得拜將壇。羡傅説守定巖前版，嘆寧戚吃了桑間飯，勸豫讓吐出喉中炭。如今淩煙閣一層一個鬼門關，長安道一步一個連雲棧！

錢　霖

字子雲，松江人。棄俗爲黄冠，更名抱素，號素庵。

《輟耕録》曰："某人以善經紀，積貲至巨萬計，而既鄙且嗇，不欲書其姓名。其尊行錢素庵抱素者，逸士也，多游名公卿間，善詩曲，有集行於世。某嘗以富貴驕之，故作今樂府一闋譏警焉。"

【般涉調】哨遍

試把賢愚窮究，看錢奴自古呼銅臭。徇己苦貪求，待不教泉貨周流。忍包羞，油鐺插手，血海舒拳，肯落他人後？曉夜尋思機彀，緣情鈎距，巧取旁搜。蠅頭場上苦驅馳，馬足塵中厮追逐。積攢下無厭就。捨死忘生，出乖弄醜。

【耍孩兒】安貧知足神明佑，好聚斂多招悔尤。王戎遺下舊牙籌，夜連明計算無休。不思日月搬烏兔，只與兒孫作馬牛。添消瘦，不調裀鼎，恣逞戈矛。

【十煞】漸消磨雙臉春，已凋颼兩鬢秋，終朝不樂眉長皺。恨不得櫃頭錢五分息招人借，架上衵一週年不放贖。狠毒性如狼狗，把平人骨肉，做自己膏油。

【九煞】有心待拜五侯，教人喚甚半州，忍飢寒攢得家私厚。待壘做錢山兒倩軍士喝號提鈴守，怕化做錢龍兒請法官行罡布氣留。半炊兒八遍把牙關叩，只願得無支有管，少出多收。

【八煞】虧心事盡意爲，不義財盡力掊，那裏問親弟兄親姊妹親姑舅！只待要春風金谷驕王愷，一任教夜雨新豐困馬周。無親舊，只知敬明眸皓齒，不想共肥馬輕裘。

【七煞】資生利轉多，貪婪意不休，爲錙銖捨命尋爭鬥。田連阡陌心猶窄，架插詩書眼不瞅。也學採東籬菊，子是個裝呵元亮，豹子浮丘！

【六煞】恨不得揚子江變做酒，棗穰金積到斗。爲幾文贖背錢受了些旁人咒。一斗粟與親眷分了顔面，二斤麻把相知結下寇讎。真紕繆，一味的驕而且吝，甚的是樂以忘憂？

【五煞】這財曾燃了董卓臍，曾梟了元載頭。聚而不散遭殃咎。怕不是堆金積玉連城富，眨眼早野草閒花滿地愁。乾生受，生財有道，受用無由。

【四煞】有一日大小運並在命宫，死囚限纏在卯酉。甚的散得疾子爲你聚來得驟。恰待調和新曲歌金帳，逼臨得佳人墜玉樓。難收救，一壁相投河奔井，一壁相爛額焦頭。

【三煞】窗槅每都颩颩的飛，椅桌每都出出的走，金銀錢米都消爲塵垢。山魈木客相呼唤，寡宿孤辰廝趁逐。喧白晝，花月妖將家人狐媚，虚耗鬼把倉庫潛偷。

【二煞】惱天公降下災，犯官刑繫在囚。他用錢時難參透。待買他土木驢釘子輕輕釘，弔脊筋鉤兒淺淺鉤。便用殺難寬宥。魂飛盪蕩，魄散悠悠。

【尾】出落他平生聚斂的情，都寫做臨刑犯罪由。將他死骨頭告示向通衢裏甃，任他日炙風吹慢慢的朽！

楊朝英

朝英號淡齋，青城人。

《太和正音譜》曰："楊淡齋之詞如碧海珊瑚。"

【雙調】湘妃怨

依山傍水蓋茅齋，旋買奇花賃地栽，深耕淺種無災害。學劉伶死便埋，促光陰曉角時牌。新酒在槽頭醉，活魚向湖邊買。算天公自有安排。

閒時高卧醉時歌，守己安貧好快活。杏花村裏隨緣過，勝堯夫安樂窩。任賢愚後代如何。失名利痴呆漢，得清閒誰似我，一任他門外風波。

黄金散盡學風流，學得風流兩鬢秋，笑煞那看錢奴枉了乾生受。我覷榮華似水上漚，只不如趁中年散誕優遊。斟緑酒低低的勸，殢紅妝慢慢的謳，醉時節錦被裹舒頭。

【雙調】水仙子　東湖所見

東風深處有嬌娃，杏臉桃腮鬢似鴉，見人羞行入花陰下。笑吟吟回顧咱，惹詩人縱步隨他。見軟地兒把金蓮印，唐土兒將綉底兒踏。恨不得雙手忙拿。

【雙調】得勝令

日日醉紅樓，歸來五更頭。問著諸般諱，揪撏不害羞。敲頭，敢設個牙疼咒；揪揪，揪得來不待揪。

顧德潤

字君澤，一作均澤，道號九山，松江人。以杭州路吏，遷平江。

《太和正音譜》曰："顧均澤之詞如雪中喬木。"

【黄鐘】願成雙　憶别

梅腮退，柳眼肥。雨絲絲開到荼蘼。一春常是盼佳期，不覺的香銷玉體。

【换頭】忒風流姝媚忒聰慧，怎生般信絶音稀。叮嚀杜宇那人行啼，冷落了秋千月底。

【出隊子】科場不第，出落着個三不歸。長安花酒價如泥，不信敲才主仗得。似恁般情懷説向誰?

【换頭】到中秋左右還相會，見他時劈破面皮。紫泥宣於我甚便宜，青樓夢因誰没鑒識。且受回禁持悔甚的!

【尾聲】海神行忘不了些喬盟誓。多年前曾活取了個王魁，傳槽病這些時敢輪到你!

蘭楚芳

楚芳乃元末明初人，故《北宫詞紀》以爲元人，丹邱先生以爲明人。

《太和正音譜》曰："藍（蘭）楚芳之詞如秋風桂子。"

【雙調】折桂令　相思

可憐人病裹殘春，花又紛紛，雨又紛紛。羅帕啼痕，淚又新新，恨又新新。寶髻鬆風殘楚雲，玉肌消香褪湘裙。人又昏昏，天又昏昏，燈又昏昏，月又昏昏。

又

恨芙蓉帳冷春宵，霧鎖陽臺，水渰藍橋。見月思眉，見雲思鬢，見柳思腰。又不比造次間花花草草，怎生來寂寞在暮暮朝朝。似我風騷，似你妖嬈。月缺花殘，分淺緣薄。

【南宫】四塊玉　風情

我事事村，他般般醜。醜則醜村則村意相投。則爲他醜心兒真博得我村情兒厚。似這般醜眷屬，村配偶，只除天上有。

【黄鐘】願成雙　春思

春初透，花正結。正愁紅慘緑時節。待鴛鴦塚上長連枝，做一段風流話説。

【幺篇】融融日暖噴蘭麝，倩東風吹與胡蝶。安排心事設山盟，準備着鮫綃揾血。

【出隊子】青春一捻，奈何嬌羞更怯。流不乾淚海幾時竭，打不破愁城何日缺，訴不盡相思今夜捨。

【幺篇】挨不過如年長夜，好姻緣惡間諜。七條絃斷數十截，九曲腸拴千萬結，六輻裙攙三四摺。

【尾聲】三四摺裙攙且休借，九迴腸解放些些，量這數截斷絃須要接！

王　　氏

大都歌妓。

【中吕】粉蝶兒　詠趕蘇卿寄情

江景蕭疏，更那堪楚天秋暮。戰西風柳敗荷枯。立斜陽，空凝佇，江鄉古渡。水接天隅，眼瀰漫晚山煙樹。

【醉春風】寂寞日偏長，别離人最苦。把一封正家書改做了詐休書，馮魁不覩是將我來娶。知他是身跳龍門，首登虎榜，想這故人何處？

【朱履曲】往常時冬裏卧芙蓉裀褥，夏裏鋪藤簟紗厨。但出入换套兒好衣服。不戀醜馮魁茶員外無字碑鈔姨夫，我則想俏雙生爲伴侣。

【迎仙客】見一座古寺宇，蓋造得非常俗。僧人念經招數珠。待道是小闍梨，却原來老院主。俺是個檀越門徒，問長老何方去。

【石榴花】看了那可人風景壁間圖，妝點費工夫。比及江天暮雪見寒儒。盼平沙趁宿，落雁無書。空隨得遠浦歸帆去。漁村落照舟方住，煙寺晚鐘淒然渡，洞庭秋月照人孤。

【鬥鵪鶉】愁多似山寺晴嵐，泣多似瀟湘夜雨。少一個心上才郎，多一個脚頭丈夫。每日價茶不茶飯不飯百無是處。教我那裏告訴：最高的離恨天堂，最低的相思地獄。

【普天樂】腹中愁，詩中句。問甚麽失題落韻，跨蹇騎驢。想着那得意時，著情處，筆尖題出驚人句，不由我短嘆長吁。囑咐你僧人記取：蘇卿留語，知他雙漸何如？

【上小樓】怕不待剖開肺腑，都向詩中分付。我這裏行想行思，行寫行讀，雨淚如珠。都是些寫不出，道不出，憂愁思慮。閣着筆一聲聲啼哭。

【幺篇】他争知我嫁了人，我争知他應過舉。番做了魚沉雁杳，瓶墜簪折，信斷音疏。咫尺地半載餘，一字無，雙郎何處？我則索隨他泛茶船去！

【十二月】無福效鶯儔燕侶，有分受枕剩衾餘。想起那相思病苦，空教人好夢全無。辜負了清歌妙舞，受了些寂寞蕭疏。

【堯民歌】閃的人鳳皇臺上月兒孤，趁一帆風勢下東吴。我這裏安桅舉棹泛江湖，到不如沉醉羅幃倩人扶。躊躇，躊躇，天邊雁影遥，枉把佳期誤。

【耍孩兒】這厮不通今古通商賈，是販賣俺愁人的客旅。守着他憂悶怎消除，真乃是牛馬襟裾。斗筲之器成何用，糞土之墻不可圬。想俺愛錢娘喬爲做，不分好歹，不辨賢愚。

【三煞】娘呵你好下的好下的，忒狠毒忒狠毒。全没些情愛牽腸肚！則好教三千場失火遭天震，一萬處疔瘡生背疽。怎不教我心中怒，你在錢堆上受用，撇我在水面上沉浮。

【二煞】我上船時如上木驢，下艙時如下地府，靠桅杆似靠着將軍柱。一個隨風倒舵堅牢獄，趁浪逐波承陷車。伴着這喬人物，恰便似冤魂般相纏，日影般相逐。

【一煞】馮魁酒正濃，蘇卿愁起初。下船來行到無人處。我比娥皇女哭舜添斑竹，曹娥女泣江少孝服。則怕瞧破俺真情緒：推眼疾偷淹痛淚，佯呵欠假帶長吁。

【尾聲】淚珠何日乾，愁眉不得舒。普天下煩惱全堆聚，也似不得蘇卿半日苦！

珠簾秀

姓朱氏。名歌者。後輩多以朱娘娘稱之。

【雙調】壽陽曲　答疏齋

山無數，煙萬縷，憔悴煞玉堂人物。倚篷窗一身兒活受苦，恨不得隨大江東去。

無　名　氏

【雙調】折桂令　酒

酒能消悶海愁山。酒到心頭，春滿人間。這酒痛飲忘形，微飲忘憂，好飲忘餐。一個煩惱人乞惆似阿難，才吃了兩三杯可戲如潘安。止渴消煩，透節通關，注血和顏，解暑溫寒。這酒是漢鍾離的葫蘆，葫蘆裹救命的靈丹！

【雙調】水仙子帶折桂令　行樂

一春長費買花錢，每日花邊一醉眠。喜春來百花都開遍。任簪花壓帽偏，花間士女秋千。紅相映桃花人面，人更比花少年，來尋陌上花鈿。　　來尋陌上花鈿，正是那玉樓人醉杏花天。常言道惜花早起，愛月遲眠。花底相逢少年。赴佳期梨花深院，約定在花架傍邊。柳影花陰，兀的是月下花前。

【仙吕】寄生草　閒評

問甚麽虛名利，管甚麽閒是非。想着他擊珊瑚列錦帳石崇勢，則不如卸羅襴納象簡張良退，學取他枕清風鋪明月陳摶睡。看了那吴山青似越山青，不如今朝醉了明朝醉。

爭閒氣，使見識。赤壁山正中周郎計，烏江岸枉使重瞳力，馬嵬坡空灑明皇淚。前人勛業後人看，不如今朝醉了明朝醉。

人百歲，七十稀。想着他羅裙窄地宮腰細，花鈿漬粉秋波媚，金釵敲枕烏雲墜。暮年番憶少年游，不如今朝醉了明朝醉。

【越調】鬥鵪鶉　嘲睡妓

莫不是陳摶的姨姨，莊周的妹妹；宰予的家屬，謝安的親戚。華胥夢裏姻緣，邯鄲道上配偶。兩件兒，試問你：可甚愛月遲眠，惜花早起？

【紫花兒】西廂底鶯鶯立睡，茶船上小卿着昏，東墻下秀英如痴。真乃是棄生就死，便休想廢寢忘食。休題，除睡人間總不知。正是困人天氣。啼殺流鶯，叫死晨鷄。

【幺篇】推着倒鸞交鳳友，倩人扶燕侣鶯儔，合着眼蝶使蜂媒。綉衾未展，玉由先頹。其實，倒枕着床是你記得的。胡突了一世。恰便似楚陽臺半死的梅香，蘭昌宮殉葬的奴婢。

【小桃紅】莫不是離魂倩女醉楊妃，是個有覺的平康妓。難道嫦娥不出氣？懵懂的最憐伊，顛鸞倒鳳先及第。直壓的珊瑚枕低，黄金釧碎，平地一聲雷。

【禿厮兒】祆廟火燒着不知，藍橋水渰死合宜。絶纓會上難侍立。才燭滅，早魂魄昏迷。

【聖藥王】子弟每做伴的，安排着好夢做夫妻。你也休問誰，我也不答你。陷人坑上被兒裏，直挺着塊望夫石！

【尾聲】對蒼天曾説牙疼誓：直睡到紅日三竿未起。若要戰退睡魔王，差三千個追魂大力鬼。

附録

評介元曲家睢景臣〔高祖還鄉〕套曲

〔高祖還鄉〕套曲是元曲家睢景臣所作的著名套曲之一。套曲的體制是用同一宫調中的曲子若干隻聯綴成一套來叙事抒情的，是没有説白的純粹歌曲，如果加上説白就成了雜劇的形式了。套曲通常又稱爲套數。

睢景臣的生平事迹，我們知道得不多。據鍾嗣成《録鬼簿》説，景臣在元大德七年從揚州來到杭州才和他相識。知道他很愛讀書，心性聰明，精通音律。當時揚州的曲家都用高祖還鄉的題材作套曲，以景臣所作的最爲新奇，壓倒其餘各人的作品。

我們知道漢高祖劉邦是歷史上由平民而做皇帝的第一人，也是奪取農民起義果實的第一人。他本是豐邑人（江蘇豐縣），當過秦朝的一名小小亭長。秦漢時，十里有一亭，亭有一長，長有兩名卒，一管開閉掃除，一管逐捕盜賊。他的家庭成分，大約是中農，或者是富農。他的父親和兩個哥哥都是自己耕田，他却好酒貪色，不愛勞動，考得了亭長的職位。當陳勝、吴廣這般謫戍的勞動人民被迫起義的時候，他也佔據了沛縣，響應義軍。後來他的勢力漸次强大起來，打破了秦帝的京城，戰勝了西楚霸王，統一了全國，做了漢朝第一任皇帝。歷史上稱爲太祖高皇帝。

司馬遷《史記·高祖本紀》上有記載他還歸沛縣的一段文字，説他在沛宫，把故人父老子弟都唤來飲酒作樂，召集了一百二十名兒童教他們唱歌。他自己擊筑（古代有絃索的樂器），唱他自己作的《大風歌》，高興得手舞足蹈。他在沛縣逗留了十多日，臨走時，父老還想挽留他，他説："我的人多，父兄供給不起。"於是沛中的人空縣來送他。他又留下，樂了三日，這才走了。這段記載寫得非常熱鬧，好像沛縣父老子弟對這位皇帝十分親愛的樣子。但是睢景臣的〔高祖還鄉〕套曲却大大的不同，他是從沛縣鄉民的立場和皇帝並不神聖的觀點來描畫的。我且先把這套數的曲詞録出，略加解説，再分析它所表現的思想性和藝術性。

這個套曲是用般涉調中八隻曲子組成的。第一隻爲“哨遍”，第二隻爲“耍孩兒”，第三至第七隻爲“煞曲”，其中五煞、四煞等是同一曲子的連續用，第八隻是“尾聲”。（下面的曲詞是把有韻的寫成一行。）

（哨遍）社長排門告示，但有的差使無推故。
這差使不尋俗。
一壁厢納草除根，一邊又要差夫。
索應付。
又言是車駕，都説是鑾輿。
今日還鄉故。
王鄉老執定瓦臺盤，趙忙郎抱着酒胡蘆。
新刷來的頭巾，恰糨來的綢衫，暢好是裝么大户。

第一隻曲是從高祖未到時鄉民準備迎接寫起。把鄉中得到消息的情況寫得忙忙碌碌地騷擾不堪。社長是傳佈消息的。王鄉老和趙忙郎是執行迎接典禮恭獻酒食的。社長布置下的差使，既要清除道路，又要徵發夫役，不能推托，也不能當作尋常的差使看待。“又言是車駕，都説是鑾輿”是寫一般天真的民衆聽了這消息，心中不明白要迎接的是一種什麽人物。“車駕”“鑾輿”都是指皇帝乘坐的車子，也是用來代稱皇帝的，但是一般民衆却不知道，所以大家不免紛紛議論，有一種莫名其妙的感想。“暢好是裝么大户”是很好裝飾成闊佬的意思。這王鄉老和趙忙郎兩位大約是鄉中比較出色的人罷。他們戴着新刷净的頭巾，穿着剛糨好的綢衫，居然顯得闊綽了，也就够執行迎接“車駕”的任務了。

（耍孩兒）瞎王留引定火喬男女。
胡踢蹬吹笛擂鼓。
見一颩人馬到莊門，匹頭裏幾面旗舒。
一面旗白胡闌套住個迎霜兔，一面旗紅曲連打着個畢月烏。
一面旗鷄學舞。
一面旗狗生雙翅，一面旗蛇纏胡蘆。

第二隻曲寫的是皇帝的先頭隊伍——樂隊和旗隊。王留是領樂隊的，“一火喬男女”是奏樂的人們。因爲他們的動作鄉民們不曾見慣，覺得希奇，所以用“瞎”和“胡”來形容。“一火喬男女”用現在的話説，就是“一伙怪家伙”的意思。旗隊中共有畫着五種圖案的旗子，也就是古書上所謂“日月爲常”“鳥隼爲旗”“龜蛇爲旐”之類，但是鄉民們不知這些名目的，他們只見了些白兔呀，烏鴉呀，學舞的雞呀，生翅的狗呀，纏在胡蘆上的蛇呀。作者在這裏，用意寫出鄉民們從未見過的這些排場，心中覺得可怪；另一方面，却含着輕視的意味。

（五煞）紅漆了叉，銀錚了斧。
甜瓜苦瓜黄金鍍。
明晃晃馬蹬槍尖上挑，白雪雪鵝毛扇上鋪。
這幾個喬人物。
拿着些不曾見的器仗，穿着些大作怪衣服。

第三隻曲是寫儀仗隊。這些叉呀，斧呀，像甜瓜苦瓜的金錘呀，都是用來吓唬人民的東西。這些槍尖上挑着的馬蹬呀，鋪了鵝毛的扇子呀，都是用來壯觀瞻的東西。但是從天真的鄉民們看來，都是些“不曾見的器仗”。拿着這些東西的人們都穿上花花緑緑的制服，也是他們從没見過的“大作怪衣服”，所以説是“喬人物”。這個

“喬”字含有假扮的和奇異的意思。

（四煞）轅條上都是馬，套頂上不見驢。
黃羅傘柄天生曲。
車前八個天曹判，車後若干遞送夫。
更幾個多嬌女。
一般穿着，一樣妝梳。

第四隻曲是寫車駕前的侍衛、車駕後的扈從宦官等和宮女們。曲柄黃羅傘下就是這位高祖皇帝的御駕了。

（三煞）那大漢下的車，衆人施禮數。
那大漢覷得人如無物。
衆鄉老屈脚舒腰拜，那大漢挪身着手扶。
猛可裏抬頭覷。
覷多時認得，險氣破我胸脯。

第五隻曲正寫鄉老們向皇帝行禮和皇帝大模大樣地接受的態度。曲中連用“那大漢”三字，已經很够做皇帝的架子了。以他那種“覷得人如無物”的態度，却還“挪身着手扶”，已經够客氣的了。這裏最奇的是這個大漢子皇帝原來是位相識的人而且認清了以後，險些兒連胸脯也氣破了。

（二煞）您身須姓劉，您妻須姓呂。
把您兩家兒根脚從頭數。
您本身做亭長耽幾盞酒。
您丈人教村學讀幾卷書。
曾在俺莊東住。
也曾與我餵牛切草，拽埧扶鋤。

第六隻曲即從覷破這大漢的人口中把這位大模大樣的皇帝的“根脚”“從頭數”出，使得前面那些樂隊、旗隊、儀仗隊，那些駕前侍衛、駕後扈從和宫女們，都顯得是擺的臭架子、空排場了。前面那樣熱鬧烘天，到這裏全化爲烏有了。這時大模大樣的皇帝已毫無神秘的意味，也不是什麽“奉天承運”的天子了。作者本意是要把皇帝並不是什麽天生聖人的意思十分突出地表示出來，這一點是成功了的，但同時却又把一個好酒貪色不愛勞動的劉邦説成“曾與我餵牛切草，拽埧扶鋤”的人，似乎有輕視勞動的意思。其實皇帝出身平凡，並非可氣，而是作了皇帝，回到故鄉，擺出這些臭排場，却是令人生氣。《史記》上説高祖看了秦始皇出巡的行列，羨慕得很，當時就説：“嗟乎！大丈夫當如此也!”可見他榮歸故鄉，一定是要夸耀鄉里的。作者想是根據這些記載來加意描寫的。

（一煞）春採了桑，冬借了俺粟。
零支了米麥無重數。
換田契强秤了麻三秤，還酒債偷量了豆幾斛，
有甚胡突處。
明標着册曆，見放着文書。

這隻曲子作者想更有力地把這位皇帝的無賴行爲，索性揭發出來，嘲弄他一番。於是把“採桑”“借粟”“强秤了麻”“偷量了豆”的事實説得有憑有據。我們從《史記》上看高祖曾向王媪賒酒吃，欠她的酒錢很多。説是王媪見他醉卧時，其上常有龍，怪之，不要他還。又説有一次沛縣長官有貴客，沛中豪杰吏皆往賀。蕭何管收賀禮，吩咐賀錢不滿千的，坐在堂下。高祖本來不持一錢，却誑説我的賀錢萬貫，這樣就被他混了進去，見着了貴客。可見這位皇帝原來是個無賴子弟。作者從這些記載中編撰出上面那些事實原是可以的。但是認識皇帝這人的身份，我們看來却有問題。他説劉邦採了他的桑，借了他的粟，零支了他的米麥，强秤了他的麻，又偷量了他的豆，然則他必定是一個家私富裕的人了，是富豪或是地主，都有可能。照作

者的説法，劉邦固然有些無賴，而借粟，支米麥，却不過是因爲貧窮罷了。作者本意在强調劉邦的無賴，却無意之中，把封建社會知識分子看不起貧苦民衆的意識暴露出來了。當然，這是我們今日的觀點，在作者那時是不會這樣看的。

（尾）少我的錢差發内旋撥還，欠我的粟税糧中私準除。
只道劉三誰肯把你揪捽住。
白甚麽改了姓，更了名，唤做漢高祖！

尾曲全用滑稽筆調來結束全套，是曲家最本色當行的手法。這位鄉友居然向皇帝討債，已經够滑稽了，還説“差發内旋撥還”，“税糧中私準除”都可以，并且説出“誰肯把你揪捽住”，你又何必“改了姓，更了名，唤做漢高祖”！更是出奇了。總之全曲把皇帝的排場逐步增强，到了三煞曲，是達到最高度，忽然，奇峰突起，這位尊嚴的皇帝却原來是連他的“根脚”都熟悉的人，於是傾筐倒篋般把他的無賴行徑都説出來。於是所謂皇帝也者，就毫不足奇了。這種寫法是作者藝術性的高度表現。他是把外表尊嚴的神聖的一面和内在平凡的醜陋的一面，兩兩相形的寫法，突出地顯示，使讀者自然感到驚奇。他之能壓倒同時的作家也就在此。不過我們要批判他的却有兩點：一點是他那知識分子的落後性；一點是封建社會的意識形態。他那輕視勞動和貧苦人民的缺點是無法替他回護的。盡管他對於嘲弄封建統治者這一點寫得有聲有色，很透徹，很成功，筆調也很輕快犀利，却仍然是“瑜不掩瑕”。這是爲歷史所局限了的。若是出於今人的手，可就不同了。

我想通過這一套曲，順便談談元代曲家的共同思想，就是把帝王卿相，富貴功名，看成一錢不值，或用嘲弄的口吻，或用輕蔑的語調，或用嘆惜的神情，使得那些封建統治階級的權力地位，都成爲可憐可厭的東西。這些曲家雖没有去參加革命事業，也没有明目張膽拿文學作宣傳鼓動的武器來提倡反抗，却由於他們的歌曲，極端輕視統治者用來籠絡人才的工具——富貴，他們的歌曲既能通俗，又唱來悦耳，因此流行民間很是廣泛，也因此於不知不覺之中得到宣傳鼓動的功效，使得一般人心目中對於封建統治者已不再認爲神聖不可侵犯了。所以一旦統治者的權力發生動搖，或壓力得到反抗，就隨處有人起而推翻他。元末農民起義的事件，大大小小，不知多少，終於元朝皇帝的統治地位很快就土崩瓦解了。當然，那時農民起義的最大原因，是由於蒙古人和漢人在政治上經濟上的不平等，是由於絕大多數窮人被壓迫被危害到無以爲生的地步所造成。但元曲家能影響人心，也就是此種不平等和迫害的反映，所以容易鼓動一般民衆的心理使之反抗。這其中我們可以看出文學的潛在力量非同小可。至於爲什麼元代曲家不約而同都有這種思想？這是不難理解的。因爲自南宋偏安以來，遼金元三朝都以武力蹂躪漢人，元人的威力更大，壓迫也更重，一般知識分子的出路，全都壅塞，民族的憤怒和個人的怨恨，結成一氣，自然會發生這種結果。知識分子如此，一般民衆的痛苦更不必説了。我們翻一翻元史，也就不以爲奇了。從文學發展上看，也很自然會産生這種作品。文學是必然要以内容來決定和改變形式的。元曲家的思想内容變了，元曲的形式必然也隨之而變。古典文學中，元曲是别開生面的。在它以前的各體文學都是所謂“哀而不傷，樂而不淫，怨而不怒”的。在元曲便哀而傷，樂而淫，怨而怒了。以前的文學要含蓄，元曲却貴於痛快。雖然以前的文學非絶無與元曲相同之點，元曲也非絶無與以前各體文學類似之處，但從全面去看，從實質去看，它是被賦予了一種新的精神。雖然它有時因過於傷，過於淫，過於怒，使得許多作品被淹没了，甚至被人詬詈，但它自有它的不朽的價值。這是讀元曲的人所有的同感，不能不認爲是祖國文學中的異彩。

《劉永濟集》後記

今年是父親劉永濟教授誕辰122周年，又是他在文化大革命中慘遭迫害、不幸去世的43周年。當此之際，《劉永濟集》由北京中華書局出版發行，這不禁令我們悲喜交集，感慨萬端。

父親劉永濟，字弘度，别號誦帚，湖南省新寧縣人。他出生於1887年12月25日，正值晚清社會發生激烈變革的前夜。曾祖父劉長佑，晚清朝廷重臣，歷任雲貴總督、直隸總督等職。祖父劉思謙，曾在廣東、雲南省擔任知縣。受到家風的熏陶，父親自幼喜愛文學，先後就讀於湖南長沙明德學校、上海復旦公學、天津高等工業學校、北京清華留美預備學校。辛亥革命後，在上海曾就學於著名詞人況周頤（蕙風）、朱祖謀（彊村）門下，深研詞學。

從20世紀20年代開始，他先後任教於湖南長沙明德學校、東北大學、武漢大學。1942年至1949年，擔任武漢大學文學院院長，並主持建立了武漢大學文科研究所，兼任研究所所長。又曾在浙江大學、湖南大學短期執教。1956年，經教育部批准，評爲高教一級教授。

在史無前例的文化大革命災難中，年已79歲高齡、卧病在床的父親，作爲“反動學術權威”被揪出來批鬥，並被抄家，於1966年10月2日含冤而逝。1966年12月24日母親黄惠君亦含恨而殁。家庭慘遭如此横禍，凝聚着父親心血的著作、書信、日記以及手批藏書、典册亦皆流落散失，自然難以保全。

1979年5月15日，武漢大學爲蒙冤去世的父親平反昭雪，並補行了莊嚴隆重的追悼大會。母親亦於同日平反昭雪并舉行了追悼大會。

1985年4月25日，武漢大學爲父母建墓於武漢市九峰山陵園，並爲父母合墓立碑。此乃武漢大學建校百年，首次以學校名義，爲教授夫婦的合墓立碑。

父親畢生致力於教育與學術研究，他執教上庠，篤志學問，勤於著述。他撰寫的著作，生前公開出版的專著有《文學論》、《國風樂府合選》、《宋代歌舞劇曲録要》、《十四朝文學要略》、《屈賦通箋·箋屈餘義》、《文心雕龍校釋》等六種。另有大量著作以武漢大學講義的形式印行。此外還有大批學術論文、詩、詞發表於各報紙、雜誌。

文化大革命結束後，經大姐茂舒、姐夫皮公亮整理出版發行的著作有十種：

1.《誦帚庵詞集兩卷》，武漢大學印刷廠 1980 年 10 月影印。

2.《唐五代兩宋詞簡析》，上海古籍出版社 1981 年 2 月出版。

3.《詞論》，上海古籍出版社 1981 年 3 月出版。

4.《元人散曲選》，上海古籍出版社 1981 年 7 月出版。

5.《唐人絶句精華》，人民文學出版社 1981 年 9 月出版。

6.《屈賦音注詳解附屈賦釋詞》，上海古籍出版社 1983 年 9 月出版。

7.《十四朝文學要略》，黑龍江人民出版社 1984 年 2 月出版。

8.《劉永濟詞集》，湖南人民出版社 1984 年 2 月出版。

9.《微睇室説詞》，上海古籍出版社 1987 年 5 月出版。

10.《雲巢詩存·默識録》，臺灣文史哲出版社 1992 年 1 月出版。

上述著作，遠非父親畢生著述的全部。其内容涉及文學、史學、文字、目録、校勘等衆多領域，無一不是精品；在學術界産生了廣泛而深遠的影響。

2003 年 8 月 21 日，武漢大學人文科學學院特爲父親召開“劉永濟與詞學國際學術研討會”。來自國内外的七十多位文史專家、學者，對父親的學術成就作出了高度評價。與會學者一致反映，劉永濟教授的一系列著作是近代文史領域重要的學術遺産，也是當代教學、科研不可缺少的參考書。可惜除《唐人絶句精華》外，全部著作均已絶版多年，難以覓得，只能輾轉複印以滿足急需。爲此，敦促我們儘快出版《劉永濟集》。

爲保全父親著作，出版《劉永濟集》，既是父母，也是我們子女最大的心願。但要完整收集文稿和整理出版，面臨很大、很多的困難。

此次《劉永濟集》的成書，要感謝武漢大學的支持和幫助。爲便於父親遺著的整理，胡德坤副校長（歷史學院世界史教授、博士生導師）特批退還學校所藏父親有關圖書、手稿、講義。2004 年 2 月 29 日，武漢大學圖書館送還了共計 122 種 396 册文献，並提供了四十餘萬字講義的清晰影印件。三年多來，我們從中清理出載有父親手批眉識的珍貴藏書、典册共計 130 册。

2005 年、2006 年文献，胡德坤副校長率領社會科學部負責人和文學院教授，代表學校和文學院，先後兩次到深圳我家進行座談，商定有關遺著的收集辦法及出版事宜。

武漢大學還撥出專款，由檔案館派人前往湖南長沙、吉首等地收集文稿。成效雖不理想，但給了我們極大的支持和鼓勵。

這次出版《劉永濟集》所用的文稿，來源有二：一是已經出版的專著及公開發表的詩、詞、文論，二是部分未出版的講義、手稿。

目前，父親的許多講義、手稿、書信尚未收集齊全。其中，已定稿或未定稿的遺著散失甚多。例如：《屈賦音注詳解手稿定本（正本）》佚失（注：1983 年 9 月由上海古籍出版社出版的《屈賦音注詳解附屈賦釋詞》，是用副本出版的；《校字記》從闕，見該書第 208 頁及出版説明）；父親研究屈賦五種之最後一種《我研究屈原及其作品的總結》定稿佚失；《文心雕龍詞典》未定稿佚失。以及其他著作手稿，至今還未收集到，只能暫付闕如。

父親生前藏書也佚失甚夥，其中他研讀最爲用功的《劉舍人文心雕龍十卷》上册 1—4 卷佚失。此書爲梁劉勰撰、北平黄叔琳注、河間紀昀評。先父詳注於天地頭、字裏行間。爲此，特插一小照於《文心雕龍校釋》中。父親攻讀之勤奮，歷歷可見，感人至深。

在父集文稿的收集、聯繫出版中，得到許多師友、後學者的熱情幫助，各盡其能，做了大量的工作。

首先，要感謝父親生前同事、摯友的子弟們，他們是：著名文學家吴宓教授之女吴學昭老師(《吴宓日記》《吴宓詩集》《吴宓書信集》的整理注釋者)，在父集出版的全過程中，她以高超之聰明才識，給予了切實的指點和幫助；著名數學家李國平教授之子李工真(武漢大學歷史學院教授、博士生導師)，百忙之中承擔撰寫《劉永濟先生傳略》；著名歷史學家唐長孺教授之子唐剛卯（湖北省博物館原副館長、研究員)，爲了父集的出版，多方聯繫出版社，直至定妥；著名語言學家李格非教授之子李也周（武漢大學計算機學院副教授)，通過各種渠道爲父親收集字畫、書信、文稿，並製作成光盤，又將我曾祖父劉長佑所書條幅複製如新……

與此同時，我們誠懇地感謝武漢大學檔案館原館長徐正榜先生，以館藏檔案資料爲依據，爲父親首次撰寫《年譜》，對父親畢生的“爲人、爲學、爲事”資料進行搜集整理，使父親的生平事蹟有了清晰的脈絡和可靠的依據。讀過年譜，我們對父母又新增了許多認識。徐正榜先生還花費了大量的時間與精力，重新收集整理了《誦帚詞集·雲巢詩存》，收入了現在所能找到的全部詩詞和著述。

父集的出版，還得到許多資深教授的鼎力相助。他們以廣博精深的學識，指導並參與了文稿的整理、校訂、標點等具體工作，參與了詩、詞、年譜的詳盡審定工作。他們是武漢大學文學院的李中華、羅立乾、熊禮彙、宗福邦、陳美蘭、唐榮昆教授和暨南大學文學院的劉紹瑾教授。在此，謹向各位教授及所有關心、支持和參與父集出版工作的老師們，表示衷心的感謝。

近幾年來，二十餘家圖書館、檔案館爲父親文集提供了文稿。其中湖北省圖書館、上海圖書館、四川省圖書館、東北大學檔案館爲父親二十世紀二三十年代作品提供了完好的各種珍貴版本。同時還查出當年的盜印本，詳見《劉永濟集》第九種《文學論》版本彙編。

父集的出版，還要深深感謝當年冒着風險，爲父母送回文稿和字畫者。那是在父親遭到批鬥、被抄家以後，我家處境極爲險惡。武漢大學中文系原黨委副書記、老師彭未成先生在垃圾堆裏撿到字畫條幅一卷送來；原中文系寇國成同學拾到並送回原家中珍藏的父親手抄詞集一本。我們還在家門前拾到過文稿。他們的作爲使我們在黑暗裏看到了一線光明，在寒夜中得到一絲温暖，重拾着生的希望。他們正直、善良的行爲，我們將永遠銘記在心中。

父集的出版，還得到大姐茂舒的長子皮知遠先生、堂姐劉容、堂姐夫陳暄將軍（抗日將領）次子陳書良教授以及全體劉永濟親屬的積極支持和幫助。在此一併深切致謝！

常常懷念父親！他禀賦豁達、堅忍而樂觀。爲了昌明國粹，弘揚學術，常以人生“前有千年，後有千年”的信念，忍辱坎坷，攻讀不停，創作不止。又樂於書法、篆刻，不論書於紙、篆於石，風格獨到，個性非凡。常品議紙質，尤鍾情於灑金宣紙。藝技之精彩，讓人歎絶！但見封面。

最後，我們懇請個人或單位爲《劉永濟集續集》、《劉永濟書信集》，提供文稿、函件或線索。能盡力彌補缺失，完善文本，實不勝感盼之至。

劉茂新於深圳

2009 年 9 月 28 日

郵址：maoxinliu@ 126. com

zengzuqin@ 126. com